鈴木家の嘘

野尻克己

ポプラ社

鈴木家の嘘

黙することは
単なる沈黙ではない
秘密の哀しみなど存在しない
語られることのない哀しみは
もっと耐えがたい重荷となる

――フランシス・リドレイ・ハヴァガル

第一章

父　幸男

「イヴです。本日はご指名いただきましてありがとうございます」

花柄のシルク製のナイトガウンを着た女の子は、床に正座をし三つ指をついて迎えてくれた。そして、彼女は最敬礼の形を取ると、上体を45度ほど起こして上目遣いにこちらを見た。ガウンの深い襟ぐりから見事な谷間が見えた。先ほど見せられた指名写真の脇には「本指名No.1嬢!!　キャラは小悪魔、バストは天使のFカップ」と書いてあった。イヴちゃんを見下ろす格好になっているため、ついその神々しい胸に目がいってしまう。地上の重力に従順な彼女の胸は今にも床に届きそうなほど、みずみずしくしなやかだった。

イヴちゃんは立ち上がると手を差し出した。手を握れ、ということだろうか。彼女の積極的なアプローチにまごついた。しかし握らないというのもこの状況では野暮というものだ。そっと彼女の指先に触れた。緊張で後頭部がポッと温かくなった。

ドドドドドドド、ドン、と突然大きな音がした。心臓が飛び出るほど驚いた。振り返ると茶髪の店員がなぜか受付の前にある和太鼓の前でバチを握っていた。

「いよっ！　いってらっしゃいませ！　も・ん・ぶ・ら・ん」と、掛け声をかけるとすかさず、ドドドドドドド、ドン、と見事な手さばきで太鼓を連打した。すぐ隣にある待合室から男たちがわらわらと集まってきた。イヴちゃんがみんなに見せつけるように胸を俺の体に密着させてきた。顔から火が出るほど恥ずかしかった。

鈴木幸男《さちお》は人生で一度も性風俗というものに行ったことがなかった。キャバクラもピンサロも、ピンクコンパニオンも違いが何かさえ理解していない。女性経験は妻の悠子《ゆうこ》ただ一人だった。六十を過ぎてソープランドで女の子を指名する日が来るなど、露ほども想像していなかった。仕事一筋。無口、無愛想、無趣味の昭和三無し男、と幸男の名前をもじって三無男《さなお》。それが幸男の会社でのあだ名だった。

「仕事ばっかりしていないで浩一を見習って読書ぐらいしたらどうですか」と、たびたび悠子に言われた。お前だって『徹子の部屋』を見るぐらいしか趣味がないじゃないかとその都度言い返そうとしたが、倍返しが怖いのでやめた。

六畳ほどの薄暗い部屋だった。

最初に目に入ったのは部屋全体を覆うトマト柄の壁紙だった。ピンクの照明に濃いショッキングピンクのバスタオルが敷かれたセミダブルのベッド、その奥には風呂場がある。壁には海水浴場で使用するような銀色のエアーマットが立てかけてある。一体あれは何に使うのだろう。浴槽は古臭く、色褪せていた。何度も洗濯をしてごわごわになったショッキングピンクのバスタオルが部屋の片隅に大量に積まれていた。一つ一つの備品をよく見るとコストは全くかかっていない。幸男はつい仕事の癖で原価率の計算を始めた。えーまずは客単価は、と。

しかし臭う。幸男が鼻をひくつかせるとほのかにイソジンの香りがすることに気づいた。イソジンと男の皮脂と風呂場の湿気が混じり合い独特の臭いが漂っている。それは床屋のそれに少し似ていた。

「お客さんって、鶴瓶さんに似てるって言われませんか?」

原価率と全く関係ないことをイヴちゃんに質問され、幸男は返事に窮した。鶴瓶ではなくアシカに似ていると悠子に言われたことはある。幸男がいや、と返答するとイヴちゃんは大して気にもせず髪をヘアクリップでまとめると、風呂場に向かった。

イヴちゃんは幸男が原価率を計算しているうちにいつの間にか下着姿になっていた。しかも、お尻が丸見えではないか。いや正確に言えば丸見えではない。あれはTバックというものか。紐がお尻の割れ目に挟まっただけの代物でお尻は寒くないのか。イヴちゃんは風呂の蛇口をひねると、胸と同じくらい肉付きのいいお尻をこっちに向けた。そしてイソジンをコップに垂らし蛇口の水で薄めた。それを口に含むとガラガラと豪快に音を立て、ぺっと乱暴に床に吐き出した。さっきちゃんと返事をしなかったから機嫌が悪いのか。

いかん、早く話さなくては。緊張のあまりすっかり機を逸していることに幸男は気づいた。だが、いきなり見ず知らずのオヤジが彼女のプライベートを根掘り葉掘り聞くのは野暮で失礼なことではないだろうか？　やはりこういうセンシティブな件はきちんと店に筋を通し、しかるべき手続きを取った上で彼女と話すべきではないだろうか？　もっと上から、例えばソープランドを取りまとめている全日本特殊浴場協会連合会に話を通すべきではないだろうか？　ここ数日煩雑な手続きと段取りに追われ、疲れ果てていた幸男は冷静な判断ができなかった。つい勢いに任せて、電車を乗り継ぎ大宮まで来てしまった。

「手、冷たいですね」

イヴちゃんはいつの間にか幸男の隣に立っていた。そして、幸男の胸に飛び込み手を握った。イヴちゃんの手はまるで薄皮に包まれたシュークリームのように柔らかくて優しかった。髪からは甘酸っぱい柑橘系の香りがした。下半身に血が巡っていくのが自分でもわかった。これが世間で言う〝疲れマラ〟というやつなのか。いかん、落ち着け。彼女をそんな目で見てはいけない。イヴちゃんに聞きたいことを頭の中でリピートする。

「あ、あのすいません」と言った時、幸男の下半身に甘い衝撃が走った。腰が砕けそうになった。幸男が見下ろすとイヴちゃんの頭頂部にヘアクリップが見えた。

いつの間にイヴちゃんは俺のズボンを脱がしていたのだ――

妹　富美

鈴木富美《ふみ》はJR大宮駅に初めて降りた。駅前にはそごうとマルイとビックカメラがある。大宮がこんなに大きな駅だとは思わなかった。富美が住んでいる街は、最近駅前のコンビニが潰れた。同じ埼玉県民として知事に抗議したいぐらい大宮とは格差がある。ロータリーを出ると銀行のATMがあったのでそこで二万円を下ろした。

「二万円を持って大宮まで来て欲しい」

突然、父から電話があった。父はいつも結論だけを告げる。そこに至った経緯や理由は一切言わない。口下手と言ってしまえば聞こえはいいが、ただの傲慢だと思う。説明を省くことは優しさの欠如だ。

「どこにいるの?」と聞くと、父は大宮だとしか言わなかった。「大宮だって言われても場所言ってくれなきゃ行けないよ」と、半ギレになるとようやく詳細な場所を話し始めた。

「え、モン吉? 喫茶店? その喫茶店にいるってこと? 違う? 角を曲がったところにあるもんぶらんってお店? それって何? ケーキ屋さん?」矢継ぎ早に聞き返すと、サウナだと逆ギレされた。

なぜ、キレられなきゃいけないのだ。大体、二万円ぐらいクレジットカードで払えるだろうと思ったが、父はクレジットカードを一枚も持っていないことに気づいた。家を買う時以外はお金を借りたことがない、何でも現金払いだ。それが酔った時の父が決まって口にする、ささやかな自慢だった。

「お父さんは趣味も教養もないし、家族サービスを何もしてこなかったから、誇れるものが節約しかないのよ」母の嫌みはいつも手加減がない。

父はここ数日でかなり疲れたに違いない。サウナにでも行きたくなったのだろう。葬儀と病院の手続きをほとんど一人でこなしていた。しかし、何で自宅から一時間半以上かかるサウナにわざわざ行くのだ。しかも二万円って高くないかな。エステ付きなのだろうか。でも、父がエステなんて想像ができない、というか気持ち悪い。

父の言う通り、大通りから『喫茶モン吉』の角を曲がると風景が一変した。大宮北銀座という通りは昭和の香りがするネオンが煌めき、そこだけ時間が止まったかのようだった。淫靡な看板の店が立ち並び、黒服の男たちがギラついた顔で蠢いていた。

『ソープランド　重役室別館』の前に立っていた男が、遠慮なく富美の体に目を向けてきた。日焼けサロンに何回行ったら顔面があんなに黒光りするのだろうか。男の額はネオンを照り返し、粘液に塗れたエイリアンみたいにテカっていた。富美はこんな通りでウロウロするのも危険だと判断し、思い切って男に尋ねた。

「あの、もんぶらんっていうサウナのお店知ってますか?」変な日本語で聞いてしまった。

「もんぶらんはサウナじゃないんだけどね」と男は不機嫌そうに言った。だが、男はもう一度富美を上から下までなめるように見回すと、いきなりへりくだった口調になった。

「ちなみにちなみにですよ、うちじゃダメっスか?」

「はい？」

「うち今、夜の秘書大募集中なんスよ。ほら、お姉さんスタイルいいから。可愛い系っていうよりはデキる秘書系って感じだと思うんスね。もんぶらんより稼げると思うんスね」

何を言われたか理解するのに五秒程かかった。そして、はい？　とキレ気味にとぼけた。男は富美の難攻不落の態度にすぐに見切りをつけ、もんぶらんの場所を教えてくれた。

二軒先の角を曲がると青い照明で包まれた建物が見えた。近所の川原沿いにあるチープなラブホテルみたいな外観だった。『ソープランド　もんぶらん』の立て看板の脇には「入浴料10、000円」と店名より大きな看板が見えた。もんぶらんが少なくとも安いサウナでないことは判明した。女性が一人で入るには相当勇気がいる入り口だ。

やたらと開くのが遅い自動ドアだった。ブイイインとガラス戸が震えながら開き始めると、物凄い音量のユーロビートが外に流れ出してきた。恥ずかしいので早く中に入りたいが、富美が通れる幅になるまで三秒かかった。

「いらっしゃいませー！」店員がユーロビートに負けない声量で怒鳴った。蝶ネクタイに鷲田という名札をつけた茶髪の店員は顎のエラが張り、目と目の間がやたら離れていた。前髪がおでこのセンターに一本垂れており、チョウチンアンコウを連想させた。鷲田の背後には「本日出勤」の文字と女の子の写真が十枚ほど雑然と貼られていた。なぜか受付の隣に置いてある和太鼓が店内のチープ感をより一層際立たせていた。

「あの、アルバイトの方っスか?」

案の定、先ほどの男と同じことを聞かれた。その直後、胸に射るような視線を感じた。視線の方向をちらりと見やると、奥のソファに座っていた男たちがさっと目を伏せた。男たちは雑誌を手に取ったり缶コーヒーをこれ見よがしに飲んだりし始めた。男たちからの視線には慣れていた。電車の中、バスの中、道端でも男たちはまずあたしの胸を遠慮なく見てくる。男たちは富美がその視線に気づいていないと思っている。大きな胸は大学の新体操部に所属する富美にとって一番のコンプレックスだった。

富美は小学生から新体操クラブに所属していた。今、通う都内の大学はＡＯ入試で入学した。新体操でスポーツ推薦を受けるには大会での実績が足りなかったからだ。だが、新体操部に入部した富美は推薦組との実力の差を嫌という程思い知らされた。当初は練習に全くついていけなかった。富美はがむしゃらに練習した。実力の差に絶望し、一度は退部も考えた。だが、レベルの高い場所で二年間必死に練習したことにより、自分の能力が限界以上に引き上げられた。富美はリボンで頭角を現し、先月から選手候補だけが参加することができる、一日練習に参加できるようになった。だが、いまだに推薦組を前にすると引け目を感じる。優秀な選手ほどモデルのように体の線が細く、しなやかだった。審判員の採点には必ず芸術点が入る。たとえ演技が良くても体のラインが美しくなければ、頂点に立つことはできない。富美は自分の才能のなさを胸のせいにするようになった。

富美はもんぶらんで男たちに採点されているような気分になり、無性に腹が立った。

「アルバイトじゃありません。父がここにいると聞いてきたんですけど」

富美は待合室の男たちにも聞こえるように大きな声で言った。鷲田は、あーはいはいはい。例のお父さんっスね、とニヤニヤと笑った。


鷲田について階段を上っていくと、セーラー服を着た女と中年男が手を繋いで下りてきた。中年男はニヤついて脂ぎっていた。中年男は鷲田に気づくと、パッと女から手を離した。しかし、鷲田の後ろに隠れていた富美の存在に気づくと、全身を舐め回すような遠慮のない視線を送ってきた。気持ち悪い、よく見ると父と同じくらいの年齢だろうか。セーラー服の女は化粧が濃く首元にはシワが見えた。てらてらの安そうな生地のセーラー服がかえって年齢を上に見せている。富美はこれから父に会うと思うとげんなりしてきた。

ここは間違いなく風俗店だ。父親がそういう店に行っていたとは少なからずショックだった。ソープランドが何をする場所なのか大学二年生の富美は知らない。風俗とは女の子とお酒を飲んでいやらしいことをする場所、そんなぼんやりしたイメージしかなかった。

だが、富美は一縷の望みを父に託すことにした。父は呼び込みの口車に乗せられ、サウナのつもりでもんぶらんに入店した。だが、そこはぼったくりの風俗店で頬に傷のある屈強な店長が出てきて、法外な追加料金を請求された。真面目な父のことだ。その可能性は十二分にあり得る。

鷲田が粗末な木のドアを二回ノックして開けた。奥に安っぽい白のテーブルが見え、そこに父が座っていた。部屋の奥から女の人の乾いた笑い声が聞こえた。恐らく女の人たちの休憩室になっているのだろう。女の人は富美の位置からは見えなかった。

父の横には妙に色が白く、痩せた男が座っていた。店長だろうか。もっとガタイのいいヤクザな男を想像していたが、とても裏稼業が務まりそうにないほど体の線が細かった。

父は富美を見ると、まるで親に悪さを見つかった子供のように目を逸らした。やましさが見え見えだった。罪悪感を覚えるなら、風俗なんて行かなければいいのに。富美は父のその態度でぼったくり被害にあったという仮定をすぐに打ち消した。父はテーブルの一点をただじっと見ていた。テーブルの上には白米がわずかに残ったコンビニ弁当のトレイが置いてあるだけだ。父は富美に説明も弁解もしようとしなかった。こんな状況でも父はやはり傲慢だ、優しくない。

痩せた男は富美を一瞥するとニヤニヤと笑い始めた。嗜虐的な目をしている。自分より弱い相手を痛めつけて楽しむ典型的な体育会系のタイプだ。富美の大学にもこの手合いがたくさんいる。きっと父のこともネチネチいじめたに違いない。さっさとお金を払って形だけ謝って帰ることにしよう。再び女の人の乾いた笑い声が聞こえてきた。切り出すならこのタイミングだと富美は思った。

「あの、お金です」富美は先ほどATMから下ろした二万円を財布から出した。

そのまま、父がご迷惑おかけしました、と頭を下げようとした瞬間、幸男が富美を制した。

「受付で金は払った。何で女の子にも払わなきゃいけないんだ」

「だから何度も言ったじゃないですかぁ。入浴料一万、女の子にはサービス料二万払って下さいって。最初にこいつが説明したっしょ、なあ？」

「はい、店長。もち説明しました」鷲田は自信満々にうなずいた。

父は墓穴を掘った。娘の前で敗北を認めたくなかった父は、まるで通らない理屈を捏ねた。それがもんぶらん店長の闘争心に火をつけた。店長は、手始めにコンビニ弁当のトレイにガムをペッと吐き出した。ここから一気に獲物を仕留めようとする腹積もりが垣間見えた。なのに、父は下手な言い訳をした。

「話をしに来ただけだ」

「話がしたいんだったらキャバクラ行ってくださいよ。うちはそういうシステムなんだから」

店長は富美の手からあっという間に二万を奪い取り、鷲田に手渡した。富美には店長の手の動きが速すぎて見えなかった。よく見ると店長の体は余分な脂肪がなく、引き締まっていた。昔、格闘技をやっていたのかもしれない。明らかに分が悪い。だけど、あたしの貴重な貯金だ。言うだけは言わないと損だ。まさか、女子大生に手は出さないだろう。富美は強気且つ早口で一気にまくし立てた。

「あの、大金を払う者として聞きたいのですが何をどうしたら二万円という料金が発生するんですか?」

「部屋に入って、したら」

「したら?」

「俺は、してない!」父がまだムキになっている。うるさいな、あたしが今話してるの。

「イヴちゃんは、即尺したって言ってんの」

「ソクシャク? ソクシャクって何ですか?」

相手に飲まれないように大きな声で言い返してやった。ヤンキーのように睨みつけてやった。だけど、ソクシャクとは一体何なのだ。女の子に即、お酌をしてもらうことなのか。

そんな誰にでもできるサービスが二万円もするのか。だったら、ぼったくりと言える。だが、富美が視線を送ると、父は先ほどと同じように目を伏せた。店長と鷲田が手を叩いて笑った。

「この子、処女？」

いつの間にか半裸の女が父の背後に立っていた。キャミソールにスウェットのホットパンツ、往年の若尾文子を土足で踏みつけたような顔つきをしていた。下半身はムチっとして、まるで土偶のような体形だった。

「巨乳ちゃんだね」

女は富美の胸を遠慮なく見た。酒焼けした声が妙にセクシーだった。

「店長、あたしがお手本見せようか？」店長がまた手を叩いて爆笑した。

「頼みますよ。ミホさん」

ミホと呼ばれた女はおもむろに父の足元にしゃがみ込んだ。ホットパンツから丸見えの太ももが同性から見てもエロい。父がその太ももをちらっと見たのを富美は見逃さなかった。失礼しまーす、と営業用の声でミホは父のズボンのチャックを下ろす真似をした。

「パク！」ミホが声をあげ、顔を父の股間に押し付けた。

「これが即尺。お風呂入らないで即、尺八するから、即尺。あ、尺八って意味わかる？」

それが隠語だということぐらいさすがに知っていた。


「お願いします」

フロアのほぼ中心で富美はリボンを構えた。富美の集中力が手からリボンに乗り移る。それを見計らったかのようなタイミングでドビュッシーのアラベスク第一番が体育館に流れた。フィリップ・アントルモンの演奏するアラベスク第一番は巷でよく聴くそれよりも1・5倍ぐらい速い。ゆったりとした優雅な印象が強いアラベスク第一番だが、フィリップ・アントルモンの演奏では流麗で攻撃的なピアノ曲になっている。必然的にスピードが速く激しい踊りになるかというとそれもまた違う。リボンという重力に逆らう手具を使用しているため体のスピードを上げても、リボンはこちらの意思に逆らい、なびかない。リボンとは運動の軌跡であり体はリボンの添え物にすぎない。肉体が一歩引いて謙虚になることで、リボンはより一層美しく見える。

「新体操という競技は芸術だと、私は思っています。陸上のように技術や力で順位は決まりません」と元ブルガリアのナショナルチームのコーチだった山下監督は言った。そして富美の振付を一通り終えると、フィリップ・アントルモンのＣＤをくれた。毎日百回聴きなさい。富美は山下監督の言う通りにした。

富美はリボンを振り上げ、頭上で螺旋を描くと同時にアチチュードピボットの回転に入った。アチチュードピボットの軸が思いのほか中心に入り、普段より一回転多く回ることができた。我ながらいい流れだと思った。アラベスク第一番は富美の体にすっかり馴染んでいるようだ。

ドビュッシーは二十六歳の時にアラベスク第一番を作ったといわれている。二十六歳というと兄と同い歳ぐらいか——

一瞬、兄の姿が体育館の片隅に浮かび上がった。しまった、と思ったがリボンを低く投げてしまった。富美はリボンをキャッチできなかった。本当はリボンを背面に投げた後に前転を行ってから技《わざ》を行う予定だった。

「鈴木、集中してんの！」山下監督の声が響き渡った。同時に曲が止められた。富美は立ち止まったままますいません、と返事をした。「最初から」と言われた。監督の声には明らかに失望が混じっていた。

富美は山下監督に一通り演技を見せ終わると、バーの前で自分の体を鏡に映しながらストレッチをしていた。富美の後ろでは、男子新体操部が練習をしていた。富美の大学には珍しく男子新体操部がある。体育館を女子新体操部と二分して、同じフロアで練習をしている。男子の選手がロンダートから宙返りに失敗し、崩れ落ちた。大きな音が体育館に響いた。「失敗しても、前向き！　前向き！」とその男子選手に声をかけながら、ＯＢの井原先輩が富美の方に近づいてくるのが鏡越しに見えた。井原先輩はそのまま富美のそばに来ると大仰に一回転してバーに手をかけた。そして、じっと富美の顔を覗き込んだ。眉毛が濃く、昭和の男性アイドルみたいだ。井原先輩は眉毛の手入れを毎日欠かさないらしい。

「スランプか？　鈴木富美」

富美ははにかんでごまかそうとした。だが、井原先輩はもう一度スランプか？　と聞いてきた。

「はぁ」と投げやりに答えた。全く話したい気分ではなかった。井原先輩の声は体育会系の男性らしくずしりと重みがあるのだが、会話の内容はヘリウムより軽いのだ。

「聞いたぞ、お兄さんのこと。引きこもりなんだって？」

体が硬直した。冷静になろうとしても脇の下からじんわりと汗が出てくるのがわかった。

なぜ井原先輩は兄のことを知っているのだ？　里美か――

半年前に大学の近くのカフェに里美とお茶をしに行った時、彼氏が鬱っぽいと相談された。あたしは自分が何も話さないのは不公平かなと思い、つい兄のことを話してしまった。

里美は自分の彼氏と兄とで重なる部分があったらしく、最後には安心した顔をして帰っていった。

話すんじゃなかった。だが、井原先輩は何も知らないはずだ。この間、うちで起こったことはまだ誰にも話していない。不意打ちを食らったため富美は一瞬隙を見せた。井原先輩はその瞬間を見逃さなかった。

「引きこもりっていうのはさ、悪いのは全部本人。あと親だな、結局。富美はさ、お兄さんと話してる？」

いつの間にか富美と呼び捨てになっていた。髪をかき上げながら自分が一番カッコよく見える角度で鏡に顔を映した。本人は深刻な顔をしたつもりだろうが、太い眉毛が眉間に寄って両津勘吉みたいな顔になっていた。

「話す？」

「いや俺ね、引きこもり高校生の家庭教師してたんだよ。俺が教えてから学校行くようになって、友達もできてさ。人を救えるのは、愛。結局」

一瞬にして、笑いながら井原先輩を刺せそうなほどの殺意が沸き起こった。ふと、鏡の中を見ると富美の顔は能面のように表情を失っていた。富美は無理やり口角を上げて笑った。

「人は救えませんよ」

「へ？」井原先輩の口が文字通りへの字に曲がった。

「失礼します。ランニングがありますので」

監督の刺すような視線を背中に感じた。富美は上着を手に取り足早に去った。

「困ったことがあったらいつでも相談するんだぞっ！」

井原先輩の声は体育館によく響いた。だが、富美の心には一ミリも響かなかった。

父　幸男

一昨日、富美ともんぶらんから電車を乗り継ぎ、自宅の最寄り駅に到着するまでの一時間半、幸男と富美はただの一言も話さなかった。二日経ってもいまだに富美に無視されている。

さすがに娘にソープ代を立て替えさせたのだから、まず幸男から謝るのが筋だ。だが、どう切り出していいか電車の中でうじうじ悩んでいるうちに駅に着いてしまった。ロータリーに出ると雨が降っていた。幸男は折りたたみ傘を持っていたので、話すきっかけができたと、これ幸いと富美に傘を差し出した。だが、富美は幸男の傘には目もくれずにバス停に向かって走り出し、バスに乗り込んだ。幸男が富美の後を追いかけて走り出そうとした時、無情にも自宅そばまで行く最終バスが出発した。

ソープ代の支払いには会社の同僚か友人を呼び出せばよかった。だが、浩一の件が関わっている。やはり富美には帰宅途中に話すべきだった。話が話なだけに家でゆっくり説明できればと思っていた。

以来、富美とは一言も口をきいていない。今朝は幸男が朝ご飯を作った。初めて作ったそのスクランブルエッグを前に、富美はまるで鳥の餌でも見るかのように目を細めた。そして牛乳だけ飲むと、無言で玄関を出ていった。

普通の父親だったら、すぐに娘を叱り飛ばすのだろうか？　それとも追いかけて謝るのだろうか？　幸男は富美が年頃になってから会話という会話をしてこなかった。突然、家の中で二人だけになってしまった幸男には娘の取り扱い説明書が必要だった。

ぼーっとしていたのでつい、洗濯機に液体洗剤をボトルの半分ぐらい入れてしまった。まあいいか。量が多ければ汚れはよく落ちるはずだ。大は小を兼ねる。幸男は百円玉二枚をコイン投入口に入れた。

「鈴木さんっ」いきなり後ろから声をかけられた。

ああこの声は看護師さんだな。えーと、確か名前は——

「佐久間です」

「……ああ、佐久間さん。こんにちは佐久間さん」思わず二回佐久間さんと言ってしまった。

「鈴木さん。それ、洗濯糊ですよ」

「え、ノリ?」

佐久間は埒が明かないと思ったのか、洗濯機の蓋を開けた。パリッパリになっちゃう、と水が出ているのも構わず洗濯物を取り出した。幸男が手にしている容器を見ると、大きく「洗濯糊」と書いてあった。家から洗剤類を一式持ってきたものの、幸男はどれが洗剤なのか全く確認していなかった。

「鈴木さん家事全然やってこなかったでしょ」

「ええ」

ゴミ出しはしている、と言いたかったが、ゴミ出しは家事の範疇に入らない気がしたので、やめた。

「悠子さんと話してます?」

「話す？」

佐久間は周りに誰もいないことを確認する。そして、これから重大な取引をするかのような神妙な面持ちをした。彼女の平安時代の貴族のような細い目が一層細まった。

「あのね、ネットで見たんだけど、キリバス共和国でね、昏睡状態の奥さんにずっと話しかけていた旦那さんがいたのよ。三年間毎日話しかけたら、何と奥さんが目を覚ましたんだって」

看護師なら医学書とか論文で知り得たことを言うべきではないのだろうか？　大体、キリバス共和国ってどこにあるんだ。

「悠子さんと話してみて。効くのよ、家族の愛って。そういう奇跡ってあると思う」

「はぁ」幸男は生返事をした。

「あ、水洗いね、水洗い。糊、ちゃんと落としてから洗濯するのよ」

佐久間はやっと話せた、という満足げな顔で患者専用のコインランドリーから出て行った。

ピッピ、ピッピピと小鳥の囀りのような音が鳴り響く。たくさんの管が何かの生き物のように悠子の身体にしがみつき、酸素や栄養を送り込んでいる。幸男は説明された医療器機の名前をほとんど覚えていない。悠子は昏睡状態になっていた。根本的な原因はいまだに不明だ。ＩＣＵから個室に移されて今日で十日経過した。三ヶ月意識不明になるとかなり絶望的みたい、と富美は言った。医者が言ったのかと聞くと、ネットで見た、とサラリと言った。母親の人生をポチポチ検索したぐらいで決めるんじゃない、と思ったが葬儀の準備で怒る気力もなくしていた。

幸男はすぐさま担当の医師である細田に聞いた。今のまま三ヶ月経つと絶望的だとネットに書いてあったのですが、どうなってしまうのでしょうか？

細田はまるで学生みたいな風貌をしている。見ようによっては十代にも見える。こんな医者で大丈夫かと最初は思ったが、細田の話し方は物腰が柔らかく聞いているうちになぜか安心感に包まれる。

何をもって絶望的とするのかは我々医師が決めることではありません、と細田は前置きをして続けた。

「今の状態が三ヶ月続くと遷延性意識障害、いわゆる植物状態と診断することがあります」

一気に奈落の底に落とされた。悠子が植物状態になるということか。そんなことが起こるのは映画やドラマの世界の中だけだと思っていた。細田は幸男に懇切丁寧に説明してくれた。昏睡と遷延性意識障害の違いも教えてくれた。だが、ちっとも頭に入ってこなかった。ただ、一つだけわかったことは両方の病態とも回復の可能性がゼロではないということだった。F1レーサーのシューマッハは昏睡から五ヶ月半後に目を覚ました、と細田は言った。

まだ原因はわかりません。手首からの失血はそれほどでもありませんし、脳の方もCTスキャンで見る限り異常がありません。息子さんを亡くした精神的なショックが原因だとも考えられます。まだまだこれからです、と細田はにっこりと笑った。

幸男は早速買ったばかりのスマホでシューマッハのことを調べてみた。シューマッハは確かに目を覚ましたものの、完全に回復したという記述はどこにもなかった。結局細田もネットを見ただけなのではないか、と疑心暗鬼になった。来週から悠子は大部屋に移ることになった。細田は悠子を見放したのかと思った。だが、以前に個室は差額ベッド代が高いので病室を移せないかと頼んだのをすっかり忘れていた。

幸男は何から手をつけていいかわからないほど混乱に陥っていた。なぜ、悠子までこんな目にあってしまったのか。今、世界で一番不幸な家族は間違いなく我が家だと幸男は思った。

「悠子」と幸男は声をかけた。もう一度手を握って「悠子」と声をかけた。マネキン人形のようにぴくりともしない。幸男の声が彼女に届いているとは到底思えなかった。

あの日のことは、鮮明に覚えている部分と曖昧な部分がある。仕事終わりに会社の開発部チームリーダーの五十嵐君と若手のエンジニアたちと飲みに行った。幸男は三年前に定年退職した。だが、会社に技術の継承をして欲しいと請われ、嘱託社員として再雇用された。幸男が四十年以上勤めた会社は食品製造用の機械を開発する中小企業だ。幸男は開発部の包あん機のエンジニアだった。包あん機とはまんじゅうや中華まんのあんを包む機械のことだ。幸男は在職中にハンバーグの中にチーズを包む包あん機を開発した。チーズをひき肉で包むのは非常に難しかったが、試行錯誤を繰り返しながら開発に成功し、それが大手のファミリーレストランに採用された。チーズハンバーグの量産がそれまでの十倍のスピードになり、ファミリーレストランの食品開発部長から金一封をもらい、会社はテレビの取材も受けた。

会社近くの焼き鳥屋で幸男は若者たちに質問攻めにあった。大学の工学部を卒業したばかりのエンジニアは包あん機の仕組みに心底驚いていた。幸男は工業高校しか出ていなかったが、独学で包あん機を開発したことは鼻が高かった。ハイボールを飲みながら幸男は包あん機について若者たちと熱く語った。ピロシキの包あん機を造る時はロシア人の職人と殴り合いになったなど、笑いも交えて話した。誰もが幸男の開発した包あん機を絶賛し、幸男の素朴な人柄に惹かれていった。還暦を超えても、俺の未来はまだまだ可能性に満ちている、と感慨深くなった。幸男はおかげでしこたま飲んで、家までタクシーで帰った。経費で落ちるだろう。俺は会社で重宝されているし、若い社員にも人気がある。幸男は上機嫌に鼻歌を歌いながら玄関を開けた。

鍵を靴箱の上に置いた。そのすぐそばのリビングの扉が閉まっていた。悠子はリビングの扉を絶対に閉めない。湿気がたまるからだ。幸男は奇妙に思い、扉を開けた。リビングのテーブルの上には二人分の食事が用意してあった。

悠子には遅くなると伝えていた。頼んでもいない食事の用意など悠子は絶対にしない。あれは悠子と富美の食事だろうか？

突き当たりの台所を覗いてみるがやはり悠子はいない。料理のしっぱなしで後片付けをしていない。そのままどこかへ出かけたのだろうか？

幸男は一瞬、違和感を感じた。我が家の空気の流れや匂いがいつもと違う気がした。それは長年この家に住んだ家族にしかわからない感覚だ。だが、すぐに酔っているだけだと思い直した。むしろ、せっかく気持ちよく帰ってきたというのに、我が家の雑然とした状況に気分が萎えた。

幸男はその時はまだ携帯電話を持っていなかった。家の電話から悠子の携帯電話にかけた。すると食器棚の方から着信音が聞こえた。携帯を忘れていったのか、とひとりごちた。受話器を置くとすぐに電話が鳴った。幸男が出ると「あ、お父さん？　今帰ってきたの？」と富美がボソボソとか細い声で喋った。「やっと連絡ついた。会社にも何度か電話したんだけど、誰も出なくて。何してたの？」

富美は小さい声ながら怒っていた。飲んできたとはいえ、俺はお前たちのために働いてんだぞ。私立の大学の学費はいくらすると思ってるんだ。

「おい、富美。お母さんはどうしたんだ？　いないぞ」と、ろくに富美の話を聞かずに切り返した。

「病院」と、富美は一言だけ告げた。富美のその素っ気ない態度に腹が立ち、幸男まで素っ気ない言い方で返した。

「病院って、どこか悪いのか？」

「そっちはいいから、お父さん警察に来て」

ちゃんと順を経て説明しろ、と思ったが病院に続いて警察と言われ、ようやく緊急事態なのだと気づいた。酩酊していた頭が次第に覚醒し始めた。

「お兄ちゃんが死んだの」

「死んだ!?」

酔いの勢いもあり、思わず怒鳴った。富美の冷静な声のトーンと起きた状況とがまるで一致しなかった。

「お兄ちゃん、自殺した」

ジサツ――

幸男はその言葉が頭の中ですぐに文字化できなかった。

「あたし警察にいるから、すぐに来て」

幸男はすぐさま玄関を出た。いつの間にか外は雨が降っていた。車で行こう、一旦戻りキーを靴箱の上から取った。だが、酒を飲んでいたことに気づき傘を手に玄関を出た。

ふと、庭から浩一の部屋を振り返った。部屋は二階の角部屋でちょうど庭が見下ろせる。浩一の部屋は窓が閉まっていてオレンジ色のカーテンが見えた。

「浩一さんは押入れの上にある天袋の板を外し、天井裏の支柱に麻縄を縛り付け、その縄に首を通し自殺したと考えられます。当日の死亡推定時刻は午後十二時頃かと思われます。富美さんが大学で部活、新体操ですか、その練習を終え家に十八時に帰ってくると玄関脇のリビングに食事が置いてあるのを見たそうです。ストーブがつけっぱなしなのに、悠子さんがリビングにも台所にもいないことを不審に思いました。富美さんは『お母さん』と声をかけながら二階に上がっていくと正面の部屋、つまり浩一さんの部屋の戸が開いていたそうです。富美さんが覗くと床の上に悠子さんが倒れているのを見つけました。悠子さんのそばには包丁が落ちていました。手首から出血し気を失っていることに気づいた富美さんは、119番に電話しました。富美さんは最初、悠子さんが倒れていることにしか気づかなかったそうです。119番をしている間に浩一さんはどこに行ったのだろうと後ろを振り返ると、押入れの前で浩一さんが首を吊っていた。そして、富美さんは119番の後に警察に通報しました」

後日、幸男が警察に行くと念のためと前置きをされ、当日の幸男の行動をもう一度刑事に確認された。そして、刑事は浩一の検死が終わったことを告げると、幸男に当日の経緯を説明したのだった。

「奥様は当日のお昼前後にスーパーイケダ屋といいなげやに買い物に行ったことは店員からの聞き取りと台所にあったレシートから確認が取れています。これはあくまで推測ですが、奥様は浩一さんの後を追い、ことに至ったのではないかというのが我々の考えです」

刑事はもう一つだけいいですか、と幸男に聞いた。

「浩一さんは自宅で三年ほど引きこもっていたと富美さんから聞きましたが、間違いないでしょうか？」

「はい」

幸男はその日、初めて言葉を口にした。風船からガスが漏れたかのような声だった。

「なるほど。そういうことですか」と刑事は妙に腑に落ちた表情をし、書類をスラスラと書き始めた。浩一の死は事件性がないと判断したのだろう。昔、幸男は酔って駅のベンチで寝てしまい、財布を紛失したことがあった。その時の警官と同じ調子で刑事は業務を進めていた。

この辺りから記憶が曖昧だ。

が、今でも当日の深夜に刑事に見せられた、浩一の写真だけは幸男の頭の中に消したくても消せない鮮明な像となって焼き付いている。

天袋から伸びた麻縄。それが意思を持った生き物のように浩一の首根っこに絡みついていた。それは浩一の気管を遮断し血液の循環と意識を奪った。有無を言わせない圧倒的な力で浩一の肉体を完膚なきまで破壊した。浩一の体は床から軽々と浮いていた。

酔いが一瞬で醒めた。人の死がこれほど鮮明に写っている写真を幸男は見たことがなかった。ほんの二時間前まで五十嵐君たちと飲み屋で包あん機について語っていた。自分の人生には無関係な、起こり得ないだろうと思っていたことがいともあっさりと目の前に突きつけられたのだ。

日比野さつき

「ここは大切な人を突然亡くした方のための会です。普段、周りの人たちには話せないような思いを、安心して率直に述べられる場でありたいと思っています。ルールが三つあります。一つはここで聞いたことは胸の内に留め、決して他人には話さないこと。二つ目は参加者に対して発言される場合はその方の人格を否定するような態度を取らないこと。もう一つは特定の営利目的でのご参加や宗教の勧誘はご遠慮くださるようお願いします。それでは始めてください」

ボランティアスタッフの武富君はプリントを見ながら会の規約を一気に読み終えた。参加者にもう少し安心感を与えて欲しい、体温を声に込めて欲しいと思うが、彼は『分かち合う会』への参加はまだ三回目だ。武富君は『グリーフケアサポートセンター』の創設者である平田先生の愛弟子の教え子だという。大学院で心理学を研究している。

精神科医である平田先生は、日本では自死遺族のケアが十分に行われていない現状を憂い『グリーフケアサポートセンター』をNPO団体として発足した。グリーフケアとは「悲嘆援助」「悲嘆ケア」のことだと先生は言っていた。

自殺のことを自死と呼ぶことは今では当たり前だが、元々は平田先生が考案した言葉だと言われている。「自ら殺したのではない、死を選んだのだ」と先生は言った。言葉を慎重に選ぶセンターの姿勢に好感を抱き、さつきは五年前から通っている。

『グリーフケアサポートセンター』は主に自死遺族の支援活動を行う。悩みを聞く傾聴電話、遺族同士が自分の体験を語り合う『分かち合う会』そして、専門家による講演会などを定期的に行っている。また、遺族の二次被害の相談会などを専任の弁護士を呼んで開催している。

二次被害とは、例えば賃貸アパートで自死をした場合、連帯保証人や遺族には大家から損害賠償金が請求されることがある。家屋のクリーニング代、事故物件いわゆる心理的瑕《か》疵《し》物件となったことによる家賃の保証金の支払いだ。特に賃貸物件は殺人や自死があると借り手がつかず、長期の家賃保証を請求される場合がある。ただでさえ悲しみと混乱で遺族が衰弱している葬儀の場へ大家が乗り込んできて、賠償金と二年分の家賃を遺族に請求した事例もあった。自死遺族は往々にして自責の念が強く自分のせいで死を選んだのではないかと苦しむ。正にその苦しみの渦中に損害賠償金を請求されると、弱っている遺族は言いなりになって払ってしまう。

遺族は後ろめたさから誰にも相談できず、世間から孤立しやすい。さつきも最初は自分の心の内など何一つ話せなかったが、ここに通うようになり少しずつだが過去を話せるようになっていった。

武富君が規約を読み終えてから三分程経つが、誰も言葉を発しない。ＪＲの駅が近いので五分おきに電車の発着のアナウンスが聞こえてくる。それが会場の静けさを一層際立たせていた。

『分かち合う会』はサポートセンターの事務所のフリースペースに椅子を十脚ほど円状に並べ、その中心にセンターテーブルを置く。センターテーブルにはティッシュペーパーとトーキングスティックのラッコの人形を置く。トーキングスティックとは正式にはインディアントーキングスティックという名称で、アメリカ先住民が議論を行う際に使っていたツールだ。発言者はトーキングスティックを持っている間、自分の話が十分に理解されたと納得できるまで話を続ける権利がある。なぜトーキングスティックが棒状のものではなく、ラッコの人形になったのか経緯は聞いたことがない。だが、触り心地がふわふわしていて、参加者には話しやすくなる、安心する、と好評だ。

今日は珍しく席が全て埋まり、十人の自死遺族が着席している。奥様を亡くした藤木さんを除いて全員が女性だ。いつも、参加者の九割方は女性だ。他人の前で弱音をさらけ出したり、自分の気持ちを話すことは、男性は苦手のようだ。夫は一体どこで気持ちを吐き出しているのだろうか、とさつきは思う。

五分経過しても誰も発言しないので、武富君は獲物を探すハンターのようにぐるっと視線を一周させた。ああ、ダメだってそんなことしちゃ。武富君は初めて参加した若い女の子をじっと見ている。首から下げた名札を見ると「鈴木」と書いてあった。綺麗な黒髪で姿勢がとてもいい。何かスポーツでもしていそうな引き締まった体つきだ。大学生だろうか？　さつきは甘酸っぱいものが胸にこみ上げてきた。弥生が生きていればあのぐらいの年頃になっている。日本で二番目に多い苗字の「鈴木」さんは仮名《かめい》を使用しているのだろうか。いや、敢えて仮名を装った本名な気がする。

参加者は自死遺族であることが原則だ。突然死や交通事故死や殺人事件の遺族は参加不可とされる。参加は一度だけでもいいし、発言したくなければ聞いているだけでもいい。本名や連絡先などの個人情報は一切告げなくてもいい。ただ、名前は便宜上必要なので、名札を首からぶら下げてもらう。素性を告げるのが嫌で、中には仮名で参加する人もいる。さつきはここの仕事を手伝うこともあるので本名を使用している。

しびれを切らした武富君が目でさつきに助けを求めてきた。

「えーと、じゃあ今日は初めて参加する方も多いので。日比野さん、いいですか？　ベテランの方からやっていただけると」

全く、ベテランとはいくら何でも言葉が過ぎるだろう、と武富君を睨むが、彼はヘラヘラ笑っている。心理学を専攻しているのに人の気持ちが全然わからない子なんだよなぁ。だが、自死遺族ではない武富君がいることで、会に気楽な空気が生まれているのも事実だ。全員が遺族だと息が詰まる、という意見もある。さつきは武富君からラッコを受け取った。

「武富君、私別にベテランじゃないわよ」

初参加の「吉見」さんが顔をほころばせた。会場の空気が少し和んだ。さつきは奇妙な自尊心を得た。今日は生理が終わったこともあるが、気分がとても安定していた。

「じゃあ、日比野さんから順に。時計回りで」

さつきはラッコをぎゅっと握った。

「日比野と申します。五年前に十四歳の娘を亡くしました。娘は自宅の風呂場で手首を切り自死しました」

一息置いた。ゆっくり話してみんなにショックを与えないようにしなければ。

「娘を発見したのは私です」

さっと会場の空気が変わった。さっきまで誰とも目を合わせようとしなかった初参加の「鈴木」さんと「小林」さんはさつきをチラリと見た。さつきはそれとなしに二人と目を合わせた。そう、私はあなた方と同じ側の人間です。

「遺書などはなく学校に何か問題がなかったか追及しましたが、いじめはなかったと断定され、あ、この件に関してはまだ調査中です。娘の死後、携帯やノートを見るといじめたクラスメイトの名前や、辛い、苦しいっていう言葉が書かれていて。今は証拠をとにかくたくさん集めて裁判の準備をしています」

武富君がハンカチで涙を拭っている。いつもわざとらしく見えるのは私だけだろうか。

「義理の母に『あなたがちゃんと見ていなかったから、あの子は死んだ』と言われました。これが一番こたえました。私には、娘は毎日元気に学校に行っているように見えました。夫は娘が死んで以来、この話題にあまり触れようとしません。私は誰にも相談できず、どうして娘が死んだのかわからなく、苦しみました。いえ、今も苦しんでいます」

何度も話しているはずなのに、やはり今日も苦しい。いまだに気持ちはあの時のままだ。弥生のことを思い出すたびに胸をえぐられるような気持ちになる。年月は何も癒やしてくれない、と改めて思った。

「日比野さん。まだ若いんだからさー　新しい子チャレンジ、チャレンジー。それが一番のグリーフケア」

場違いなほど明るい声を出す米山さんに全員が注目した。今日もピンクの上下のスーツでばっちり決めていた。化粧は濃く美容室に行ったばかりなのか、前髪はトサカのように盛り上がっていた。一歩間違えばスナックのママだ。米山さんはもう十年ここに通っているらしい。年齢は不詳だ。四十ぐらいに見える時もあれば、六十に見える時もある。

「日比野さん、まだ四十二でしょ？」

「四十一です」

と、さつきはわざと明るく返した。

「今からだと、高齢出産になっちゃいますよ」

「日比野さんが高齢だったらあたしは超高齢者じゃない！」

ガハハと米山さんは豪快に笑った。全く配慮に欠ける言葉だが、米山さんに関してはさつきは大人の対応をすると決めていた。一通り話し終えたさつきは頭を軽く下げると、ラッコを隣の「小林」さんに手渡した。「小林」さんは恐らくさつきと同年代だろう。だが、全身茶色の服装でほぼノーメイクに近い容姿はそれより上に見えた。「小林」さんは生きているのが申し訳ない、という空気を全身から発していた。さつきもかつてはそうだった。ここに来るだけで精一杯だった。

「小林と申します。三ヶ月前に夫を自宅で亡くしました。……夫は、夫は」

「小林」さんは更に、夫は、と五回繰り返した。そして、すいません、とか細い声で言うと、沈黙しうなだれた。

会場が静まり返った。みんな黙っていた。「小林」さんが話したくなるまで誰も発言はしない。それがこの会のルールだからだ。だが、米山さんは「小林」さんの前にタッパーを差し出した。蓋を開けると、プンとぬかの臭いが会場に広がった。

「うちで漬けたきゅうり」

「小林」さんは珍獣を見るような目つきで米山さんを見た。

「すいません、っていいのよーあたしたちに遠慮することなんてない。ねえ？　だって、あたしたちみんな仲間だから。話したくなかったら、話さなくていい。小林さんの気持ちよーくわかるよ。でも、家で死んだなんてまだマシ。あたしはね、旦那が電車に飛び込み。旦那の隣にいた人が道連れ食らっちゃって。裁判よ、裁判！　賠償金。八千万！」

武富君がまたか、と言わんばかりのうんざりした表情になった。米山さんは持ってきた1リットルの水筒の蓋を開けると中の水を一気に飲み干した。プハーッと息を吐くと少し落ち着いたのか、隣の「鈴木」さんにもぬか漬けを勧めた。「鈴木」さんは助けを求めるようにさつきをチラっと見た。

「あのっ、米山さん」武富君が大きな声で呼びかけた。

「はいはい」

「今はまだ小林さんがお話しされていますから」

「……あ！　ごめんね。ごめん、ごめんなさいね、小林さん」

それでも米山さんはぬか漬けをみんなに勧めるのをやめなかった。そんな米山さんを、「小林」さんが恨めしそうに睨んでいた。


米山さんの旦那さんは中央線に飛び込み自殺した。

旦那さんは業界では有名な建築家だった。旦那さんは自分がデザインを手がけた美術館の打ち合わせを四谷で終えると、その足で下りの電車に乗り込み快速と各駅しか停車しない駅で下車した。中央特快の通過を三本見送ると、四本目に飛び込んだ。その時、旦那さんを助けようとした大学生が巻き添えを食らった。大人二人が電車に飛び込んだことで、現場は騒然となった。

米山さんが連絡を受けて警察署に着くと、血まみれの肉片がブルーシート一面に並べられていた。旦那さんと大学生の肉片が交ざり合い、分別するのが相当大変だったらしい。

「バラバラなんて生易しいもんと違いますよ。イチゴをスプーンの先っぽでシャクシャクと削ったみたいな感じで」

米山さんの黄色い鼻水がラッコの上に垂れた。だが、米山さんは泣き伏せることなく、稲川淳二のような口調で話し続けた。

「毎日、旦那が夢に出てくるようになったんです。俺の右手はどこだーどこだーって。あの人は今時、手描きでデザイン画描いていましたから。右手がないと天国でも仕事ができなかったんでしょうね。あたし、毎日飛び込んだ駅に行って旦那の右手を捜すよう駅員さんにお願いしたんです」

三日後、整備士が車輪の奥に挟まっていた右手を見つけた。ペンダコだらけの立派な右手だったそうだ。

「それで終わりじゃなかったんです。旦那を助けようとした大学生のご両親に、裁判起こされたんです。旦那のせいでうちの子は死んだって。賠償金請求されたんです。いくらだと思います？　これが何と八千万！　そこの奥さん、八千万ですよ！」

米山さんの語り口調が稲川淳二から寅さんになった。もはや漫談にしか聞こえなかったが、さつきは何度も聞かされているので身につまされた。米山さんは水筒では足らなくなり、今度はお茶コーナーにある１・５リットルのペットボトルのお茶をラッパ飲みした。

妹　富美

父が珍しく本を読んでいる。
のぞみは新横浜を過ぎたので名古屋まではノンストップだ。父とはソープランド以来、全く話していない。だから、敢えて文庫本を持ってきたのだろうか。二人っきりで出掛けたのはこれで五回目だろうか。兄が死んでから三回。警察、葬式、母の見舞いだ。後の一回は中学の入学式の時。母が風邪をひき、父がたまたま会社が休みだったので一緒に学校まで行った。あの頃、父と二人で歩くのが物凄く恥ずかしかった。父は晩婚だった。同級生の保護者よりだいぶ年上で、その頃から髪も薄かった。新しい制服を着た富美は父からできるだけ離れ、その背中を見ながら歩いた。普段着慣れていない父の背広はデザインが古臭く、防虫剤の匂いがほのかにした。

昨日、母の見舞いに久しぶりに行った。見舞いといっても母は寝たきりで意識がないので、富美はほとんどすることがない。少し座って母の顔を見ているとすぐにやることがなくなる。看護師の佐久間さんがしきりに母に話しかけろと言うので「お母さん」と呼びかけて手を握った。体温が低く体が硬直している。人間に触れている感じがしない。意識がないということは体に信号を送れないということだ。富美は母の左手をマッサージした。筋肉は動かさないとすぐに衰える。富美は高校の時に靱帯を痛め、一ヶ月部活を休んだことがある。元通りに動けるまでに一ヶ月以上かかった。母の爪は少し伸びていた。マッサージを終えナースステーションに爪切りを借りに行くと、佐久間さんにお母さんと話してる？　と、また言われた。

パチン、ピッピ。パチン、ピッピ。病室に爪切りと器機の音が交互に鳴り響く。あのね、お母さん。お兄ちゃん死んだんだよ、ねえ聞いてる。母の体はピクリともしなかった。まだ左手首に深い傷が幾筋も残っている。母は兄の部屋で手首を包丁で何度も切りつけたのだ。母はなぜ後追い自殺などしようとしたのだろうか？　あの日の二人の行動を知る者は母以外いない。

あれから四十九日が経った。あまりにもいろいろなことが起こり、富美の感情は何事にも動じなくなっていた。実際、何も感じていないのかもしれない。ここ数年、兄とはほとんど会話をしていなかったからだろうか。自分の心がここまで揺れ動かないのは少し異常ではないかと思い『グリーフケアサポートセンター』に行った。『分かち合う会』で自分と同じ立場の人を何人も見た。あそこにいる限り自分は特殊な人間ではない。自分より不幸な人間を見ることで、そこまで自分が不幸ではないという安心感を得ることができた。富美は自分だけの秘密の居場所を確保することができた。

「何読んでるの?」富美は幸男の文庫本を指した。父は表紙を富美に見せた。スティーブン・キングの『スタンド・バイ・ミー』だった。表紙の上の部分がちぎれて、谷の形に欠損している。その破れ方を富美はよく覚えていた。兄のものだ。前にこっそり借りた時、富美が破ってしまった。その世界的名作は翻訳のせいか読みづらく、富美の頭には全然入ってこなかった。映画版の方が数段面白かった。

兄はスティーブン・キングやミヒャエル・エンデやジム・キャロル、ハヤカワ文庫の海外のミステリーも好んでよく読んでいた。山田かまち、村上龍、宮沢賢治なども本棚に並んでおり、富美は兄が部屋にいない時を見計らってよく借りた。

表紙を破ってしまったことを父に話そうとした。だが、名古屋駅到着のアナウンスが流れ、話すきっかけを失った。父は窓際のフックにかけていた喪服を手に取った。入学式の時と同じ防虫剤の匂いがした。袖に通す腕は少し痩せた気がする。父はこの一ヶ月半で五歳は老けたように見えた。富美は君子おばさんが以前にあげると約束してくれていたワンピースの喪服を寺で受け取り、着替えることになっていた。博おじさんは、中部国際空港から直接寺に向かうと言っていた。もしかしたら遅れるかもしれないとも。まあ、遅れるだろうな。博おじさんが約束の時間に現れたことなど一度もない。外国では遅刻は常識だから、とよく言っていた。

富美は棚に載せていた紫の風呂敷に包まれた桐の箱をおろした。それを見て、思わず吹き出してしまった。父が怪訝な顔で見た。兄の骨壺が入った箱を見て笑う妹なんて、不謹慎も甚だしいだろうな。富美は『グリーフケアサポートセンター』で会った米山さんの話を思い出していた。

米山さんはもう五分以上は泣いていた。旦那さんの右手の話は富美には全く現実味がなく、ザ・ブルーハーツの『僕の右手』が頭の中で奏でられていた。名曲だよなぁと、富美は至極場違いなことを考えていた。

米山さんは泣き終わるとラッコの人形を富美に渡してきた。それを受け取った人が次に話す。今までの流れでそのルールがわかった。

『分かち合う会』は家族が亡くなって一年以内の人が集まる会だと勝手に思っていた。日比野さんという女性は、娘さんを亡くして五年経っている。藤木さんというおじさんは奥さんを亡くして十年経っていた。五年も十年も通うというのは、何だか大袈裟な気もした。

そんなに身内の死を悲しまなければいけないのか。みんな自分に酔っているだけではないかと思った。

何を話そうか――

兄が死に、母が意識不明になって、今はただただ呆然としています、と言ってもなぁ。冷やかし半分で参加したと思われる。だが、ただただ呆然としていた。だが、ただただ呆然としている。みんな富美の悲劇を期待して待っているのだ。

ふと不穏な気配を感じ、横を見ると米山さんが富美をじっと見つめていた。同情と慈愛に満ちた表情で富美を見守ってくれている。だけど、さきほどの涙でマスカラが流れ落ちた米山さんは、下手くそな福笑いにしか見えなかった。正直、吹き出しそうだった。そのすぐ後ろでは「小林」さんが米山さんを恨めしそうに睨んでいた。まるで背後霊だ。何だか会場の雰囲気は最悪だ。富美は少しだけ悲劇のヒロインを演じて終わらせようと思った。

「鈴木と申します。先月私が家に帰った時、兄が部屋で……すいません。パスでもいいですか？」

みんなが心底、気の毒そうな顔をした。富美のことをまだ自分の悲しみを話すことができない、傷ついた女の子だと捉えてくれたようだ。

「ちょっと、休憩しよう。休憩！」米山さんが威勢良くパンパンと手を叩いた。

「そうですね。じゃあ休憩にしましょう。みなさん、あそこにお茶とかお菓子とかあるんで適当にどうぞ」

武富さんの合図で参加者が三々五々散っていった。話さなかったことを誰も気にしていない。そのことを気にしているのは富美と「小林」さんだけのように見えた。さっき兄という言葉を出した時、一瞬胸の奥がざわっとした。あの日の兄が目の前に現れるような気がして、富美は話すのをやめたのだ。もしかしたら、「小林」さんも同じようなざわつきを覚えたのかもしれない。

その「小林」さんが富美に熱い視線を送ってきた。だが、富美は無慈悲にも顔を伏せた。今日、誰かと知り合って連絡先を交換する、例えばファミレスでの自死遺族のオフ会みたいなものに行くのは絶対に嫌だった。富美は街を歩いていると、よくアンケート調査やキャッチに声をかけられた。「富美は顔が優柔不断っぽいもん。断れない女って感じがする」と里美に言われたことを思い出した。

会場の隅には有志によって持ち寄られたお茶菓子が用意されていた。すでにセッティング済みのお茶菓子を端にのけて、米山さんは自分の持ってきた手作りの惣菜を張り切って並べ始めた。ベテランの参加者たち以外はみんな遠慮がちにお菓子やお茶を口にしていた。米山さんの惣菜に手をつけるつわものは誰もいなかった。手をつけると米山さんに話しかけられそうだからだろう。富美は〝誰もあたしに話しかけないでオーラ〟を発し続けた。

「小林」さんは富美の失礼な態度に気づいたのか、トイレに立った。

ふと、気配を感じ顔をあげた。日比野さんがいつの間にか隣に立っていた。

「無理して話さなくてもいいですよ」

「あ、はい」

「私も最初は全然話せなかったから。お茶とか自由に飲んで大丈夫だからね」

日比野さんはそれ以上関わらないように去っていった。すると、まるで順番待ちをしていたかのように米山さんが富美の隣の椅子にドスンと座った。近くで見ると背が高く体格もいい。富美の大学のアメフト部員のようだ。米山さんの両肩は肩パッドでも入っているかのように角張っていた。

「うちで漬けたきゅうり」

米山さんがタッパーの蓋を開けた。ぬか臭い。

さっきは断れたが、さすがに二回目は申し訳ないという気分になる。結局、富美は里美の言う通り断れない女なのだ。

「ありがとうございます」

富美は一番小さいきゅうりを手に取った。一切味わわずに飲み込んだ。富美の一番嫌いな食べ物はきゅうりなのだ。

米山さんの着ているピンクのスーツは野暮で派手なデザインだ。だけど、きっと高級ブランドのものなのだろう。旦那さんが有名な建築家だっただけあって、貫禄もある。米山さんは左手のくすり指を富美に見せた。ダイヤモンドが光っていた。

「見て、これ旦那なの」

「はい？」

ぞんざいに返事をしてしまった。一瞬、何を言っているのかわからなかったからだ。

「遺骨から炭素を集めてダイヤモンドにできるのよ。これでたったの百万」

「へー」と言うしかなかった。

「お兄さん、先月お亡くなりになったの？」

「あ、はい」

「お兄さんの遺骨、まだ残ってる？」

「……ああ」

「パンフレットあるけど見る？」

米山さんはエコバッグの中をガサゴソと探り始めた。中には様々なパンフレットが押し込んであった。米山さんは『あなたと共に永遠に輝く——　遺骨ダイヤ』というパンフレットを富美に手渡した。

富美は駅のベンチの真ん中に遺骨を置いた。兄を挟むように富美と幸男は両端に座った。アナウンスが流れ、中央本線がホームに入ってきた。あの中央本線は四谷の先まで繋がっているのだろうか？　富美は『僕の右手』を呟くように歌った。父は夢中で本を読んでいた。兄が死んでから、父とは随分長い時間一緒にいる。今までの帳尻合わせなのだろうか？　電車が停車すると、富美は兄を持ち上げ胸元に抱いた。カタリと桐箱の中で音がした。まるで富美の問いかけに返事をしたようだった。

タクシーがくねくねとした山道を走っていく。本家のお墓参りは小学一年生の時に来て以来だ。親戚だけでも五十人はいた気がする。

「親戚の人って結構来るの？」幸男は何を今更聞くのだという顔で富美を見た。

「納骨に来るのは君子と博君だけだ」

「そうなんだ」

「浩一のことを知っているのは二人だけだ」

少し父を見直した。ずぼらなところがあるからてっきり君子おばさんに丸投げしているのかと思った。

兄のしたことは一度しか会ったことのないような親戚には知られたくなかった。家族として後ろめたい気持ちはある。だが、兄は相当な決心をしたはずだ。その気持ちだけは少し酌んであげたいと思った。悩んでいたんじゃないかとか、自殺は心の弱い人間がする、引きこもりは病気だから、日本は自殺者が多い、政治が悪い、不寛容な社会が悪いとか、よく知らない親戚に形だけの慰めの言葉やワイドショーやネットが垂れ流しているような批判はされたくなかった。そんなことを言う人は誰かが自殺したところを見たことがあるのだろうか。見ていればそんなことは絶対に言えないはずだ。

富美はあの日を境に世間の言っていることの大半は間違いだと思うようになった。兄の死は高潔なものでも、社会のせいによるものでも、そし彼の弱さ故のものでもない。

あの日、決行した兄の姿を富美は眼前で見た。

いまだに目に焼き付いている。決して忘れることはない。

あれは普通の人間ができることではない。

父　幸男

やっと納骨ができる。とりあえず一段落、という言い方は適当ではないが、幸男の肩に乗っていた荷物の少なくとも一つは下ろすことができた。浩一の遺骨を菩提寺に引き渡した瞬間、気が抜けたのか猛烈な尿意をもよおした。一月の底冷えも幸男の膀胱を強く刺激した。山奥にある寺には、数日前に降ったと思われる雪がまだ残っていた。江戸時代に建てられた寺の山門は重要文化財に指定されている。鈴木家の本家はこの寺の檀家総代を務めている。

だが、本家と幸男との関係は最悪だった。毎度毎度お布施を求める本家に幸男は毎度毎度断りを入れていた。安月給サラリーマンの幸男に毎年十万近いお布施を求めてくるからだ。だが、納骨に関してはさすがに本家に話を通さずに済む話ではなかった。本家と住職への挨拶回り、根回しは全て妹の君子に託すことにした。

本当は埼玉に新しい墓を建てる方がストレスはない。だが、考えたくはないことだが今後悠子が寝たきりになった時のことを考えると、想定以上の金がかかるだろう。そんな事情を酌んで、君子は進んで幸男と本家の交通整理を引き受けてくれたのだ。

君子は幸男の九つ下の妹だ。鈴木ライフセレモニーという冠婚葬祭会社の社長をしている。地元名古屋ではちょっとした有名人だ。名古屋のローカル局で流れる自社のCMに社長の君子自らが出演している。君子が名古屋城の金のしゃちほこをかたどった帽子を被り、地元のゆるキャラと一緒に踊るという内容だ。低予算でB級テイスト、ややもすると不謹慎だと言われそうなそのCMは評判となり、地元では君子は人気者だ。会社の業績も順調に伸びている。

君子に浩一の死を告げると始発の新幹線で埼玉までやってきた。到着するなり棺桶を勝手に開け、浩一にすがりつきわんわん泣いた。独り身の君子は生前の浩一をまるで我が子のように可愛がった。小学生の頃から小説や映画が好きだった浩一は、読書感想文を書けば金賞を取り、絵画のコンクールでもよく入賞していた。浩一は神童だて、と褒め称え浩一の好きそうな映画のチケットや、本やDVDを惜しげもなく買い与えた。浩一が大学を卒業して引きこもった時もどうにか元気づけようとあれこれプレゼントを贈っていた。

だが、幸男は君子に葬儀の段取りは頼まなかった。君子が動けば本家を巻き込む羽目になるからだ。幸男は近所にも浩一が死んだことを知らせていない。葬儀会社に相談すると、知らせる必要はありません、と即座に言われた。せめて、悠子と仲がいいお隣の橋口さんには知らせた方がいいのではないかと質問した。

「息子さんがどうしてお亡くなりになったのか訳を絶対に聞かれます。それを説明するのは苦しくありませんか」

確かに葬儀会社の言う通りだ。自殺という言葉を口に出したり聞いたりするだけで、幸男は心臓が縮まるような思いをする。喪主として何度も浩一のことを説明しなければならないと考えると、精神がもたない。

「世間は必ず偏見を持ちます。どうやってお亡くなりになったかなんて、説明なんて一切しなくていいんですよ」と、葬儀会社は言った。その一言に幸男は救われた。

確かに人の家族のことなど誰も気にしていない。橋口さんでさえ、浩一は都内で一人暮らしをして働いていると思っている。

しかし、納骨だけはやはり心配だった。埼玉で葬儀を済ませた浩一のお骨を本家が簡単に引き受けるだろうかと、幸男はさっきまで気が気でなかったのだ。

「こっちの事情は住職だってわかってくれる。きっと本家に対してうまく立ち回ってくれる。大丈夫、あの寺にはうちの上客をかなり回しとる。その客から相当お布施だってもらっとるはずだて。あたしには絶対に逆らわん」

幸男はほとほと疲れていたので、納骨に関しては全て君子に任せることにした。しかし、散々上客にお布施を納めさせている割には、この外に設置されたトイレは半世紀以上、改修していないのではないか。江戸時代に建てられた山門より、昭和に建てられたこのトイレの方が震度2の地震でもあっさりと崩れそうだ。いまだに大便器の上には水槽のような貯水タンクがあり、その横の紐を引っ張ると水が流れるという年代物。小便器の位置はまるで小学生用みたいに低い。元々は真っ白い便器が度重なる放尿の影響により、焦げ茶色に変色している。お布施はまずこのトイレの修繕費に当てるべきだ。

チャックを下ろす音を聞くと、気が緩んだのかもんぶらんでの感触を思い出してしまった。女の舌が触れたのは十五年ぶりだった。悠子とはそれを最後にしていなかった。あんなに柔らかく絡みつくものだったのかと感動さえ覚えた。

だが、あれは事故だ。イヴちゃんが頼みもしないのに勝手にしたことだ。俺はイヴちゃんの口が愚息を含む寸前で男らしく断りを入れた。つまり、ソクシャクは未遂に終わった。裁判を起こせば100パーセント勝てる。そもそも、俺は不埒なことをしにソープランドに行ったのではない、イヴちゃんに話をしに行ったのだ。彼女とはイソジンの香りのする個室ではなく、静かな喫茶店で会って膝を突き合わせて話がしたい。そんな幸男の意思に反し、イヴちゃんの感触を思い出した愚息は徐々に上向きになり、放尿しづらい状態になっていた。

「最近、頻尿になりましてね」

「あうっ」と思わず変な声を出してしまった。幸男は真面目なことと不埒なことを交互に考えすぎて、隣の便器に博君が来たことに全く気づかなかった。まるで奇襲を受けた気分だった。へへへへへ、と博君のへらへら顔がくしゃっとなった。悠子似のクリッとした大きな目は子犬のように可愛らしく、年相応の中年の肉がついたことでチャウチャウのような風貌となっている。かれこれ一年会っていないうちに、だいぶ貫禄がついた。博君は豪快な放尿音と跳ね返り音を便器で奏でながら、ついでに放屁までした。へへへへへへ、と博君は「黄金バット」のように豪快に笑った。

あ、そうだ。博君に聞けばよかったのだ。海外を放浪し人生経験豊富な彼のことだ。風俗の一度や二度は経験済みだろう。

「なあ、博君」

「何ですか?」

「博君はその……ソープランドというものに行ったことがあるかね?」

「日本の風俗は一応一通り」

「ほう」

遊び人とは思っていたが博君の風俗経験値には正直驚いた。一騎当千の兵を得た気分だ。

「ソープ、興味あるんですか?」

博君は幸男の顔を覗き込むついでに、便器の中までも覗いてきた。我が愚息がやや上向きになっているのを博君に見られてしまった。博君はまるで新しい風俗友達を発見したかのような、実に嬉しそうな顔をした。幸男は妙に深刻な顔をして嘘をついた。

「実は友人がこの歳になってソープランドにハマってね。相談を受けている」

「へー相談。どんな相談ですか?」

「それがね、気に入った女の子がいるんだが、外で二人っきりで話がしたい。それにはどうしたらいいか、と」

「店外か……」

「テンガイ?」

テンガイとは何だ? ソクシャクといいテンガイといい風俗はやたら横文字が多い。

「店の外で女の子と会うことを店外、もしくは店外デートと言います。女の子を店外に持ち込むには何回か指名して通わないと難しいですよ」

なるほど、店の外と書いてテンガイか。

「なるほど店外デートか。うん、友人に伝えておく」

店に通って女の子を外に誘い出すのはハードルが高いし金もかかる。やはりここは店へ直接行くのはやめにして、全日本特殊浴場協会連合会から頼んでもらうのがてっとり早いかもしれない。よし、方向性は決まった。幸男の愚息は排泄器官としての役割をようやく取り戻し、放尿を始めた。

「幸男さんて、嘘下手ですよね」

「へ?」

博君はチャッチャッと一物を振ると幸男の背後に回りこんだ。そして、幸男の両肩に手を置いた。あれだけ雑に一物をふりふりした後だ。手には小便が付いているのではないか。

「こんなに痩せちゃって」

博君は幸男の肩を揉みほぐした。その手を振り払いたいが、幸男は今しがた放尿をし始めたばかりだ。現在、最高潮で身動きが取れない。博君は恋人に囁くかのように幸男の耳元に口を寄せてきた。男臭い息が耳にかかった。

「幸男さんがソープランドに通ってること、俺は絶対に姉ちゃんに言ったりしませんから」

「あのね、博君。違うって」

「わかります、わかります。親だったら気が狂って当然です。幸男さんは寂しくて誰かと肌を合わせたかっただけなんですよね?」

あ、ちょっと待て博君。それは本当に誤解だ。こんな時に限って中々小便が終わらない。

博君は手洗い場に向かい、蛇口をひねった。

「父親をこんな風にして！　浩一の野郎、三途の川で会ったらぶん殴ってやる」

「いや、ちょっと待ってって！　待て！」

博君は手を洗うとさっさとトイレを出て行った。幸男は慌てて愚息をしまおうとしたため、残尿が喪服に付いてしまった。


百畳はあるであろう本殿は極寒だった。下手をすると表より寒いのではないだろうか。床が全面板張りなのに小さな電気ストーブ一台しか置いていない。それなのに表の駐車場には最高級クラスのベンツが二台も停められている。坊主丸儲けだ。いつまで経っても住職が出てこないので、さすがに不審に思った君子が席を立った。

震えながら本殿で待っていると、明らかに下っ端クラスの小坊主が出てきた。手には骨壺を持ち、申し訳なさそうな顔をしていた。さしずめ住職の縁故関係、三流大学の仏教学科を卒業したボンクラか。小坊主は文面を丸暗記したかのような棒読みで幸男たちに告げた。

「仏教では自殺した者の魂は穢《けが》れているものとします。ご先祖様とお骨を一緒にすることはできません、と住職が言っておりました」

住職が言っておりました、と小坊主は自分には非がないという部分を殊更に強調した。

穢れている？　骨に綺麗も汚いもあるものか。四十九日の納骨を寺に断られるなんて話は聞いたことがない。ふつふつと怒りが沸いてきた。が、その前に君子がキレた。

「住職呼びなさい」

「へ？」

「へ？　じゃない！　はよ、住職呼べて」

「……住職は、今別の法事に」

「何で、浩一の四十九日に別の法事が入っとる！　もっとましな嘘つけ！」

「私は一介の修行僧にすぎませんので」

小坊主は遺骨を博君に手渡した。あ、ども、と受け取った博君を君子が睨みつけた。君子は小坊主に詰め寄った。「いいから、呼べて！」と小坊主の肩を押した。身長が150センチしかないのに君子の迫力は凄まじかった。元薙刀《なぎなた》部の昔取った杵柄の掛け声は本殿によく響いた。しかし、よほど運動神経が悪いのか、小坊主は君子が軽く押したのにもかかわらず、ツルツルに磨かれた床板に足を滑らせ前のめりにすっ転んだ。博君もまさか小坊主が自分に向かってすっ転んでくるとは思わず、一瞬身をかわすのが遅れてしまい小坊主に押し倒された。

ガシャン、と骨壺が割れる音が本殿に響き渡った。

怒り狂った君子おばさんが寺の精進落としをキャンセルしたので帰りのタクシーの運転手においしいお店ありますか、と聞いた。連れてこられた店は名古屋名物の味噌煮込みうどんが有名な店らしいが、富美がネットで調べると食べログの評価が３・０３と微妙だった。君子おばさんもうどんとそばを両方出す店の味は信用できん、とぶつくさ文句を言っている。

おばさんがキレたからこんな羽目になったのに。確かに味はイマイチだが、富美は朝から何も食べていなかったので、八丁味噌と喉ごしのいい麺は胃に染み渡った。博おじさんだけ、なぜか天ざるを頼んだ。何で合わせないかな。味噌煮込みうどんを頼まないで天ざるを頼むなんて、名古屋が嫌いみたいじゃないか。博おじさんは君子おばさんに目の敵にされているのに気づいていない。

博おじさんは若い頃から仕事を転々としている、と言うよりはフラフラしている。以前はよく母にお金を借りに来た。自由人といえば聞こえはいいが、しょっちゅう仕事を辞めては失業保険で外国に旅行をしに行って、お金が底をつくと戻ってきてまた就職するというのを繰り返していた。兄が一人で本を読んでいても構わず部屋に入っていき、映画を一緒に観たり不埒なことを教えたりしていた。だが、母は母で博おじさんに兄の様子を偵察させていたのだ。

去年、俺も四十七だしそろそろ落ち着かなくちゃなーと言っていた。その一ヶ月後に、俺さ社長になったから、と言われた。聞くと輸入食品会社の社長だと言う。そんな簡単に社長になれるのかと思っていると、博おじさんはいつの間にか中国に出張していた。中国産のウナギを現地で直接交渉して買い付けているとメールしてきた。海外旅行の豊富な経験がなせる業なのか、ただ能天気なだけなのか。とにかく博おじさんは人に好かれる。ただし、君子おばさんを除いて。君子おばさんはいい加減な男が何より嫌いなのだ。

博おじさんは中々トイレから戻ってこない。案の定、君子おばさんが天ざるをチラチラと見ていた。名古屋に入れば名古屋に従え、そんな目をしていた。父と君子おばさんは黙ってうどんをすすっている。富美は気になっていたことを尋ねた。

「何で納骨できないの？」

君子おばさんは勢いよくうどんをすすった。汁が跳ねないように食べるのが本当に上手だ。富美は紙エプロンをつけていた。君子おばさんにもらったばかりの喪服は汚せない。

「自殺者は穢れてるとさ」

「何が？」

「魂」

「本家だろ？」

黙っていた父が唸るような声を出した。

「本家が住職に言いがかりをつけたに決まってる。お前浩一のこと本家に話したのか？」

「住職には話したんだわ。それで本家に浩一のことが伝わったんだと思うわ」

父が大袈裟なほどため息をついた。本家の伯父さんと父は仲が悪い。

「兄貴、お経を読んでもらうのに住職にまで嘘はつけんよ」

父は苦汁を飲まされたかのように、うどんを飲み込んだ。兄の死は本家としては受け入れがたい事実なのだ。グリーフケアで会った人たちもみんなどこか肩身が狭そうだった。自死者は同情されない、精神障害者や社会的弱者と扱われ差別され迫害される、遺された家族も同罪にされる、とネットに書いてあった。

きっとあたしたちはこれからが始まりなのだ。母は一生寝たきりになるかもしれない。みんなで名古屋まで来たのに、親戚と坊主に疎まれている。富美は少しでも兄に同情した気持ちを撤回したくなった。早く兄をこの世から葬り去るべきだと思った。

「しかし、このうどんの汁、えらいうっすいなー」

「そうだな」

君子おばさんはさりげなく話題の転換をした。父も少し機嫌を直したようだった。二人の仲は自分と兄に比べたら段違いにいい。

「ねえ、兄貴。本家の墓にこだわることはないって。新しい墓建てようよ。うちの会社、埼玉の霊園を引き取ることになってさ。緑が多くていいところ。兄貴の家から車で三十分ぐらいだし。社割も30パーセントだ」

「浩一の納骨は悠子が目を覚ますまでしない」

仲直りは束の間だった。父の眉間にはシワが寄り、頑固っぷりが再燃した。

「目を覚ますまで？」

「納骨はまだ待ってくれって」

「悠子さん、喋ったの？」

「この間、手を握った。悠子に話しかけると時々手が動くんだ。あれはこっちが言ってることを理解してるんじゃないかな」

「ただの反射運動だって、先生言ってた」

あたしはつい残酷な気持ちで言い放っていた。父はそうか、とへらっと笑って惚《とぼ》けた顔をした。あんな清少納言みたいな顔の看護師の言うこと真に受けるんじゃないよ。父は次々と突きつけられる辛い現実から逃げようとしている。

「兄貴、今日は浩一の四十九日。区切りがいい。はっきり言わせてもらうね。悠子さんの今後どう考えてる？」

「今後？」

「今後ね、悠子さんの意識が戻らない可能性だってあるわけだわね？」

父は黙った。

母が意識不明になって四十九日が経過した。意識を失って三ヶ月経つと遷延性意識障害、いわゆる植物状態と見なされて退院させられる、とネットに書いてあった。お母さんを一生家で介護しなければならないかもしれない。先行きを考えただけで富美は不安になっていた。

「生きてる人間はね、気持ちに整理をつけなきゃダメだって。まず、浩一を墓に入れる。悠子さんのことはあとひと月待って結論出そ」

「結論？」

「富美と二人、……あ、ちゃうちゃう。悠子さんと三人でうちにくれば」

「……何でそうなるんだ？」

「近所の目気にならん？　お金だって必要でしょ？　嘱託だなんてどうせお給料低いんだ

し。名古屋に来てあたしの会社手伝えばええて。忙しけりゃ辛いこともいつか忘れる」

「君子、そんなにポンポンいかんて」

「ポンポンいかなかん。富美はこっちで婚活だわ」

「あたし結婚なんてできるの？」

思わずあたしは父と同じようにへらっと惚けた。二人は鈴木家のお姫様を傷物にしたかのような悲愴な顔をした。君子おばさんなんて今にも泣きそうだ。自分を卑下した冗談だったのに、まあ、結婚する時はさすがに兄のことは隠せないだろうな。

その時、抜群のタイミングで博おじさんがトイレから戻ってきた。博おじさんは座るなり、すっかり冷めたおしぼりで手を拭いた。

「いやぁ、最近、頻尿になりましてね」

さっきまでのどんよりした雰囲気は一気に霧散した。君子おばさんが道端の汚物を見るような目つきになった。

「……あ、すいません。すいませんね」

博おじさんは時間が経ち毛糸玉のようになってしまったそばを箸で持ち上げた。つゆにザブンと浸けかき混ぜると、豪快にすすった。

「あれ、つゆが何だか関東より薄い気がするなー。ここ関西だから？」

名古屋は東海地方だ。君子おばさんの眉が一瞬ぴくっと動いた。

「博さん、どうですか商売は？」

「貧乏暇なしです」

「中国には月に何回ほど行ってるんですか？」

「あ、中国は撤退しました。今はアルゼンチン」

「……アルゼンチン？　アルゼンチンにもウナギがいるんですか？」

「エビです」

「エビ？」

「アルゼンチンって赤エビがとってもおいしいんです。刺身でも食べられて。これからは赤エビかなって」

うん、このエビはもしかして赤エビかな、と博おじさんはエビ天をバリバリと食べた。

「それでタンゴも習い始めたんです。踊れると商談がしやすいんで」

博おじさんはスマホを取り出して、写真を見せてくれた。ほとんど裸に見えるようなドレスを着たフェロモン丸出しの女性とタキシード姿の博おじさんが写っていた。君子おばさんの顔はまるで猥褻《わいせつ》な写真でも見たかのように眉間にシワが寄っていた。富美は険悪なムードを少しでも和らげようと試みた。

「おじさん、若い！」

「でしょ？」

「博さん」

君子おばさんが威圧的な声を出した。

「はい」

「悠子さんの今後どうすればいいと思います？　弟さんとして意見を聞かせて下さい」

「今後？」

「悠子さん、十分頑張りましたでしょ？」

「頑張ったかどうかは姉ちゃんに聞いてみないと。人生っていうのは自分自身のものですから。へへへへへへへ」

博おじさんはさすがに君子おばさんの物言いにカチンときたのか、エビ天を挟んだままの箸で君子おばさんを指していた。

「聞いてみる？」

「これがこれが。姉ちゃんはね、話しかけると時々僕の手を握り返すんです。あれはこっちの言うことをわかってるんじゃ……」

「わかっとれせん！　悠子さんはもう一生寝たきりだがね！」

物凄い声量だった。びっくりした博おじさんがエビ天をつゆの中に落とした。

「ええ年こいて、仕事コロコロ替えて、外国フラフラして。悠子さんの病院の手配から下の世話まで何でもかんでもこっちに押し付けて。なにぃ、タンゴって！」

「君子、言い過ぎだがや！」

父が怒鳴った。君子おばさんが一瞬で小さくなった。そして、君子おばさんは椅子から立ち上がると、博おじさんに向かって深く頭を下げた。もう人前だろうと一切構いやしなかった。周りの客があたしたちを何事かと見ていた。

「博さん、すいません」

「いえいえ」

だが、君子おばさんは尚頭をじっと下げて突っ立っていた。グズグズと鼻水をすする音が聞こえてきた。

「お願いですから座ってください。君子さん」

博おじさんも立ち上がり、お願いします、と頭を下げた。君子おばさんはハイ、というと頭を垂れたまま座り、脇に置いてあった紙エプロンでチーンと鼻をかんだ。

「……昨日、うちの副社長に浩一君って何で死んだんですかって聞かれて、私浩一はガンで死んだって言ってしまったんです。……何で嘘つかなかんのかって。何で私は嘘ついてしまったんだろうって。あの子のことを恥ずかしいなんて思っとらんのに。いや、でも思ってしまったのかもしれん。でも、本当のことがどうしても言えんくて」

君子おばさんはもう限界だったのだ。兄を喪《うしな》い、いの一番に悲しんだのは君子おばさんだった。君子おばさんは優しい。優しいからすぐに喜ぶし、怒るし、哀しんで、笑う。どんなに暴言を吐いても富美はおばさんが好きだった。それはいつだって相手に対して本気だからだ。博おじさんにだってそもそも無視して関わらなければいい。許せないという気持ちが湧くということは相手に愛情がある証だ。「浩一の頭がよくなるなら本なんかは何冊でも買ってあげるわ、安いもんだて」富美は子供の頃に散々聞いた君子おばさんの口癖を思い出した。

「ほんとええ子だったのに。何でだ?」

君子おばさんは大きな音を立ててうどんをすすった。博おじさんもそばをずるずるっと大きな音を立ててすすった。鼻水と涙をごまかすために。

富美も二人に倣って、うどんを強くすすってみた。でも、ちっとも涙は出てこなかった。富美は兄が死んでからまだ一度も泣いていなかった。

母　悠子

ルールル、ルルル、ルールル、ルルル、ルールルールールールールルー。

あっ、『徹子の部屋』が始まる。今日のゲストは誰だったけ？　あれ、何でこんなに真っ暗なのかしら。もしかしてお昼を作ってそのまま和室で寝ちゃったのかしら。よし、そろそろ起きないと。瞼を開けようとするが接着剤を塗られたかのように上下の瞼が引っ付いている。何度か瞼に力を入れ、ようやく目が開いた。

眩しい。小さく瞬《まばた》きをしてみる。明るさに慣れてきたところで瞼を全開にしてみる。ぼんやりと乳白色の天井が見えた。黒い点々が見える。天井のシミだろうか。

だんだんと焦点が合ってきた。あぁ、あれはシミではない。穴だ。オセロの盤面が黒の石だけで埋め尽くされたかのように、縦横均等に小さな穴が並んでいる。学校の天井や壁に使われる、音を吸収する素材だと聞いたことがある。

あれ？　じゃあここはどこだ。我が家ではないのか？　でも、右耳の方から黒柳徹子さんの声が聞こえる。しかし体が重い。誰かに乗っかられているみたいだ。まさか金縛りにでもかかったのだろうか。首を横に向けようとするが、ギプスで固定されたかのように全く動かない。とにかく起き上がろうとするが上半身はびくともしない。これは助けを呼ばなくては。食器棚の横に携帯を置いておいたはずだ。かろうじて腰のあたりが動かせた。腰を浮かし、くねらせながらテレビの方に移動しよう。

ウンウン、ウンウン。体が重い、ダイエットしないと。ダイエットと言いながらやたらお腹が空いてきたわ。腰をくねらせながら黒柳徹子さんの声がする方に向かっていった。

その時突然、お尻の下にぽっかりと大きな空洞を感じた。空洞から冷たい風がスーッと流れたかと思うと、ドスンと無抵抗に体が落下した。クリーム色の床が目の前に見えた。落ちた時に体が一回転したのか、うつ伏せの状態になった。腰に鋭い痛みが走った。声を出そうとしたが舌がまるで動かない。一体あたしの体はどうしてしまったのだろうか。

警報のような音が聞こえてきた。パクパクと口を一生懸命開閉するが、やはり声が出ない。もしかしてお腹が空きすぎて体が動かないのだろうか。

その時、視界の先にコッペパンが見えた。見上げると太っちょの男の子がコッペパンを持ってしゃがんでいた。だけど、何で我が家に子供がいるの。いやここは家ではない。とにかく今は食べよう。手足の自由がきかないので芋虫のように地を這った。目の前にコッペパンが見えてきた。全身の力を振り絞り、ワニのようにコッペパンにかぶりついた。太っちょが叫び声をあげた。もぐもぐ口を動かし咀嚼しようとした。あれ？　顎に全く力が入らない。舌もさっきから動かない。これではコッペパンが飲み込めない。パンを引っこ抜きたいが、手が動かない。このままでは窒息死してしまう。餅で窒息死した老人の話はよく聞くが、コッペパンで窒息死した中年女の話など聞いたことがない。そんな死に方は嫌だ。

その時、複数の足音が聞こえてきた。目の前でサンダルが立ち止まった。サンダルの主はしゃがみ込んであたしの背中を思い切り叩いた。ポン、と大きな音がしてあたしの口からコッペパンが飛び出した。「何てことだ」と、サンダルの主は呟いた。

「鈴木さん、見えますか？　僕の声が聞こえますか？」

あたしは声を発しようとしたが出せなかったので目で訴えた。もう一度聞こえますか、聞こえたら目を二回つぶってくださいと言われ、瞬きを二回した。サンダルの男は信じられないという顔をした。サンダルの奥から更にたくさんのサンダルが見えた。

「とにかくベッドにあげよう」

返事をしたサンダルたちは全員、真っ白なスカートをはいていた。

鈴木悠子はやっと自分がどこにいるかを理解した。

ここは病院なんだ——

初めて見る医師は聴診器を耳に挿し込みながら、何てことだ、ともう一度呟いた。

父　幸男

病院から電話があった。

先月スマホを買ったのだが、いまだに電話の出方がよくわからず間違えて一度切ってしまった。またすぐにかかってきて、幸男が出ると悠子の担当医の細田からだった。細田は興奮気味だった。「悠子さんが意識を取り戻しました。鈴木さん、本当にすごいことです」すごいことです、と細田はもう一度言った。

浩一の納骨を断られて名古屋から埼玉へ戻ろうとしていた矢先だったため、そのまま四人で東京行きの新幹線に飛び乗った。

先月、個室から大部屋に悠子を移した。個室は差額ベッド代が高い。富美はまだ大学生で学費がかかるし、家の給湯器も調子が悪くなってきた。そろそろ買い替えなければならない。いや、何よりも悠子がこのまま寝たきりになる可能性がある。そのことを考えたのは一度や二度ではなかった。うどん屋で君子に自分の心を見透かされたようなことを言われた。幸男は思わず笑った。自分の不甲斐なさをごまかしたのではない。幸男は己の醜さを笑ったのだ。

だが、悠子は幸男の思惑など覆し意識を取り戻した。今日、納骨を断られたのは天の啓示だったのかもしれない。悠子抜きで納骨の儀など行っていいわけがない。その一方で悠子はこの世に残る予定ではなかった。後追いをして息子と一緒に天国に行くはずだった。なのに、母親の自分だけが生き残ってしまった。もしかしたら悠子は今頃自分を責めているのかもしれない。

新幹線の車内で四人はこの後どうするかを協議した。今日は浩一の話題は敢えてこちらからは口に出さないこと。悠子を傷つけないよう細心の注意を払うこと。悠子はこれから息子を見殺しにしたという罪悪感を一生背負い続けるかもしれない。それだけは避けたい。

「だけど、避けて通るのは無理でしょ。今日話した方がええと思うよ。後回しにしない方が絶対にええって」

君子の意見はもっともだ。だが、今は悠子が一日でも早く回復することが先決だ。

「浩一の話はしないに越したことはないんじゃないですか。死んだ状況も状況だし、姉ちゃんからもその話はしにくい気もするんだよね。大体、俺たち喪服ですよ。何してきたかって一目瞭然じゃないですか。母親抜きで葬儀済ましてきたなんて言ったら、傷つくと思うなぁ」

さすが博君は悠子の性格を知り尽くしている。その通りだ。

「まあ、悠子さんは兄貴の奥さんだでな」

結局、全ての判断と責任は主人《あるじ》である幸男に委ねられた。幸男は悠子から質問されると想定されるあらゆる項目を頭の中で整理した。病院までの四時間、抜けのない完璧な問答集が頭の中に完成した。〝悠子からの質問〟という試験があれば幸男は間違いなく合格通知をもらえるだろう。就活の最終面接に臨むような気持ちで幸男は病室に入っていった。

四人部屋の病室に入ると、医師の細田と看護師の佐久間の姿が窓際に見えた。悠子の姿は仕切りのカーテンで遮られて入り口からはその様子を窺うことができない。入り口近くのベッドでは入院患者の加藤さんがテレビをつけたまま眠っていた。ベッドの脇にはロボットに変身する新幹線のおもちゃが置いてあった。太っちょの孫が忘れていったのだろう。

幸男は急に緊張してきた。

「お母さん」

富美が最初に声をかけた。上半身をやや起こした状態の悠子は、少し痩せたものの表情は穏やかに見えた。幸男は問答集通りまずは大丈夫か、と悠子に声をかけた。

「あら、みんな……」

悠子は声を一生懸命発しようとしていた。だが、その後は声にならなかった。言語障害なのだろうか。みんなが一斉に細田をすがるように見た。

「喋れないんですか？」博君が心配そうに細田に尋ねた。

「長い間、喋っていなかったために声を出す機能が弱ってるんです。リハビリすれば回復しますよ」

表情が乏しいのは筋肉がまだこわばっているからだと、細田は続けて説明した。悠子は絶命寸前のフナのように口をパクパクさせながら一生懸命自分の力で喋ろうとしていた。博君はかすかな悠子の声を聞き取ろうと悠子の口元まで耳を寄せた。

「……え、何？　……君子さん……お久しぶり……です。だって！」

博君は悠子の声を聞き取り復唱した。悠子が喋って、博君が君子に伝えるまでわずかなタイムラグが生じる。まるで下手くそな腹話術を見ているようだった。

「先週も来たんだわ」

「……すいません。……その節はご挨拶もできずに、ですって！」博君が再び君子に伝えた。

「ええって、ええって。本当良うなって。あの、悠子さんは本当に大丈夫？」

君子のヤツ、本人の前で回復状態なんぞ聞くんじゃない、と幸男は思ったが、細田はいたって冷静に答えてくれた。

「現状では特に問題はないと思われます」

細田は自信に満ち溢れた顔をしていた。佐久間は、ほら私の言った通りになったでしょう、とさも自分の手柄であるかのような笑顔を幸男に見せつけた。だが、幸男は心から二人に頭を下げた。

「ありがとうございます」

「私も驚きました。ご家族の努力もあって、気づかない間にかなり回復されていたのかもしれません。ただ、念のために高次脳機能だけでなく嚙んだり飲み込んだりする力、聴力、視力、そして手足の運動機能、排便排尿機能も調べてみましょう」

事務的な話し方だが、細田の表情は明るい。それこそが悠子の奇跡的な回復力を何よりも物語っている。

「……ん、姉ちゃん何？」

再び悠子が何かを喋ろうとしたので、博君が耳を寄せた。博君の腹話術も様になってきた。さながら悠子お付きの秘書のようだ。

「うん？　なになに……お医者さんに聞いたのだけど……あたしひと月以上も寝てたんでしょ？」

「ああ、そうだよ。正確には四十九日……あっ！」

博君の失態はあまりにも露骨だった。幸男が浩一の話題にならないよう細心の注意を払っていたのに、博君はいとも簡単に話題の糸口を作ってしまった。博君は幸男に助け舟を求めた。またその姿も露骨だった。嘘が下手だとよく俺に言えたものだ。悠子はみんなの喪服を一瞥すると、もう一度博君の耳に口を寄せた。落ち着け。あらゆる問答の想定はした。大事なのはこっちが動揺しないことだ。博君は震える声で悠子の言葉を伝えた。

「……もしかして……今日は誰かの……四十九日だったの？」

「何てっ！」

元薙刀部の声量で君子が絶叫した。幸男は君子の隣にいたため、耳の奥までキーンと鳴り響いた。博君は子供に昔話を口伝えするように、もう一度ゆっくり喋った。

「……君子さん……今日は誰かの四十九日だったの、って」

悠子はいきなり核心に迫った。

博君、動揺するんじゃない。想定通りのはずだ。いや、待て。あれ、変だぞ。悠子は今、誰かの四十九日だったの、と聞いた。浩一の四十九日とは言わなかった。だから、君子は思わず叫んだのだ。悠子は浩一のことに触れるのが怖くて敢えて、〝誰かの〟という聞き方をしているのだろうか？　それならばちゃんと答えてあげるべきだ。

いやいや、慌てるな。誰かの、という言い回しはやはり変だ。悠子はもしかして浩一の死にまだ実感が湧いていないのかもしれない。これは完全に想定外の質問だと言える。

よし、ならば、お茶を濁して話題を打ち切るのが最良の手段だ。幸男は最も差し障りのない人物を選び出し、嘘を捏ねあげた。

「富美の、ほら、新体操部の監督が突然死」

まあ、という顔を悠子は富美に向かってしてした。富美は幸男に何てことを言うんだという表情をしたが、

「そう、突然死」

と、右にならえをした。君子も博君も同時にうなずいた。いいチームワークだ。悠子は神妙な面持ちで、再び博君の耳元に口を寄せた。

「……どうしてお亡くなりになったの、って」

しまった——

具体的な病名など考えていなかった。えっと、交通事故にするか、いや待てよ、安易だ。もっとややこしい病名がいいな。機能性ディスペプシアとかの方がそれっぽい。しかし、機能性ディスペプシアは突然死するのだろうか。そもそもどんな病気なのか幸男自身が説明できない。

「ガン」

何と安易な答え。

だが、富美はしれっとしていた。そうだ、こっちが動揺してはならない。大樹のように

泰然としていなければ。ここは一旦富美に任せるとしよう。日本人の死因の三人に一人はガン。何も問題はない
「……ガン？　……どこの？」

「末期のガン」

富美は凜と言い放った。悠子は心底沈痛そうな顔をした。やはり女の方が嘘をつくのがうまい。

「悠子さん、あまり無理しちゃだめよ。みなさん今日はこれくらいにしてください」

佐久間が抜群のタイミングで助け舟を出してくれた。細田の不安そうな目が幸男に何かを訴えかけてきた。わかっている。ひと月以上も意識不明だったのだ。多少の後遺症は覚悟している。

「そうそう。無理しちゃだめだよ。姉ちゃん、また明日来るから」

博君も場の空気を読んだのか、悠子からさっと離れた。幸男たちはじゃあ、と悠子に軽く声をかけ悠子に背を向けた。その時だった。

「……浩一は？　……まだ家で引きこもっているの？」

掠《かす》れた声だった、だが、誰の耳にもその悠子の言葉が聞こえたはずだ。

誰も悠子の方を振り向かなかった、いや振り向けなかった。全員の背中が凍りついてい

た。博君は脂汗をかきながら、へらへら笑っていた。君子にいたっては完全にフリーズしている。富美の表情はこちらからは窺うことができない。

幸男はやっと確信した。

悠子は浩一が死んだことを覚えていない。意識を失っている間に記憶を失った。細田が不安そうに幸男を見たのはこのことを伝えたかったからに違いない。

まさか、記憶喪失とは。想定外中の想定外どころではない。

もう諦めよう。この場で浩一のことを伝えるのが最善の選択と言えよう。ここは病院だ、悠子の体も精神もケアしてくれるはずだ。今、伝えてしまった方が悠子の傷が癒えるのも早い。幸男は意を決し、悠子の方を振り返った。

「……悠子、浩一は」

幸男はゆっくりと一呼吸置いた。

焦るな、悠子を傷つけてはならない。最もベストな言葉を選べ。浩一は天国に行った、浩一は神に召された、浩一は永遠の眠りについた、浩一は仏になった。頭の中で悠子を傷つけないベストなフレーズを何パターンも探った。よし、浩一は星になった、ではどうだ。

「アルゼンチンにいる」

富美は浩一がまるで隣近所の友達の家に遊びに行っているかのように、遠い異国の名を告げた。

悠子の顔がキョトンとなった。博君はぽかんとして、入り口まで歩きかけていた君子にいたっては振り向きもしなかった。

「お母さん、お兄ちゃんはアルゼンチンで働いてる。アルゼンチンでおじさんの仕事の手伝いしてるの。エビの仕事。ね?」

富美は矢継ぎ早に言葉を放つと、すぐに博君に同意を求めた。

いきなり丸投げされた博君はぽかんとしていた。ぽかんとしすぎて、はに丸くんのような半笑いの表情になっていた。あまりの急展開に博君の脳が追いついていけていない。

それにこの嘘には無理がある。浩一がアルゼンチンなんかで働くものか。

だろう博君?

「浩一は赤エビ仕入れ担当だ。へへへへへへへへへへへへ」

おい、博君! 仕入れ担当とは何だ。笑ってごまかそうとするんじゃない。

無理だ、バレる。悠子は嘘を見抜くのがうまい。

悠子が口を開いた。博君は、はに丸くんから腹話術師に戻った。

「……あ、そうか。……あたし思い出したわ、だって」

病室が水を打ったようになった。

悠子は何を思い出したのだ。

全員が、脂汗を垂らしている腹話術師の動向に注目した。博君は悠子の口元にしっかり耳を寄せ、聞き取っている。すると、博君の顔から脂汗がみるみる引いていった。そして、悠子の言葉をゆっくりとみんなに伝えた。

「……前にあたしが博の会社で浩一を雇ってもらえないかって頼んだのよ。……博、ちゃんと覚えててくれたんだ、だって。……そう！　そう、それ、それだよ」

博君は一人芝居のように興奮気味に相槌を打ち、へへへへへへへへ、と笑った。

浩一を博君の会社に入れてくれ、と悠子が頼んでいた？　そんなことは今初めて知った。悠子はいつの間に博君にそんなことを頼んでいたのだ。まあ、今はそんなことは不問にしよう。だから悠子は、いとも簡単に浩一がアルゼンチンで働いているなんて信じたのか。

富美もそのことは知らなかったらしく、意外そうな顔をしていた。だが、すぐに合点がいったのか、富美はとどめを刺した。

「お兄ちゃん引きこもりをやめたの。仕事をしてお母さんの入院費稼ぐって」

あ、と表情が乏しかった悠子の顔がみるみるうちに変化した。今まで動かせなかった悠子の口角がゆっくりと上がった。

枯れかけた花に水が注がれ蘇ったかのようだった。

悠子の笑顔に全員が目を奪われた。浩一が引きこもってからの三年、浩一の話題で悠子が心の底から笑ったことなどなかったからだ。

今、悠子の脳内では引きこもりをやめた浩一が部屋を飛び出し、地球の反対側の国アルゼンチンにいる。毎日、港に出向き屈強な漁師と赤エビを相手に汗を流しながら働いている。そして、給料から悠子の入院費を捻出するためにせっせと貯金をしている孝行息子として蘇ったのだ。

「……お父さん、本当？」

三年間、悠子は浩一が部屋から出てくるのをひたすら待った。悠子が血の滲むような努力をしていたことに幸男は報いてやりたい気持ちになった。

「……ああ」

君子が信じられない、という目で幸男を見た。

悠子は微笑んだかと思うと、顔をくしゃっと崩して両目から涙をボロボロ流し始めた。

何という悠子の生命力、そして回復力。悠子の体は〝浩一〟でできているようだ。

幸男は肚《はら》を決めた。もう引き返せない。長男の浩一はアルゼンチンで働いている。

赤エビ仕入れ担当。

鈴木家ではそういうことになった。

第二章

妹　富美

鈴木富美の兄、浩一は四つ年上の長男である。

幼い頃、兄とは仲のいい兄妹《きょうだい》だった。だが、兄が小学六年の頃に富美は一切遊ばなくなった。それは兄が不登校になったことがきっかけだった。

不登校になる前の兄は明るくて頭がよかった。突飛なことをするのが好きで、ひょうきん者で、しかも食いしん坊だった。回転寿司でウニを十貫連続で食べ続けて鼻血が止まらなくなったり、みかんを毎日十個連続十日間食べ続けて、肌の色がホルマリン漬けされた人体のように変色した。兄は読書が好きで、小学生ながら日本文学のみならず翻訳本や科学雑誌などもよく読んでいた。富美はこんな難しい漢字が本当に読めているのか、と意地悪に聞いてみたが兄はすらすらと音読してみせた。作文や絵画にも才能を発揮した。兄の部屋には読書感想文や絵画コンクールの表彰状やトロフィーがたくさん置いてあった。映画にも詳しく君子おばさんにＤＶＤをよく買ってもらっていた。兄の部屋には友達がよく遊びに来ては、本棚にびっしりと収まった本、漫画、ＤＶＤをうらやましそうに眺めていた。何でも知っている兄が大人に見えて富美は誇らしかった。

富美は兄の行動力にいつも感心した。兄はカブトムシとクワガタが九十パーセント以上の確率で捕まえられる時間帯を独自に発見した。昆虫図鑑に明け方か夕方が捕まえやすい、と書いてあっても鵜呑みにしなかった。実際、その時間帯の捕獲数は少ない。加えてライバルも多く成果が得にくかった。兄は近くのクヌギの木に夜の十二時から三十分刻みで毎日張り込みをし、記録をつけた。富美も同行した。親に黙って深夜に家をこっそり出るのは不良みたいでドキドキした。ついに兄は深夜二時半が最もカブトムシとクワガタが密集する時間帯であることを発見した。二時半だとほぼ確実に五匹以上は捕獲できた。兄はクラスで一番の虫捕り名人となった。ザリガニ捕りでも野球でも算数でも理科の実験でも、独自のやり方を実践し結果を出した。世の中の常識やルールを何でも疑っていた。本当に正しいのか、常に自分の目で確かめて証明しなければ気が済まない性格だった。一度決めたらやり遂げる生真面目で潔癖で頑固な性格でもあった。

当時、担任だった石川先生に兄はよく本を借りていた。石川先生は左腕をいつもだるそうにぶら下げていた。富美にはほとんど動かせないように見えた。昔、警官と喧嘩して怪我したんだ、と笑いながら話していた。石川先生は放課後に教室を開放して、勉強が遅れている子の補習や勉強以外の面白い話をたくさんしてくれるので児童からの人気は高かった。だが、なぜか保護者には避けられていた。兄が石川先生から借りてきた本を見て、母が少し困っている顔をしていたのを覚えている。

兄が六年生になるタイミングで父は中古の一軒家を購入した。富美は新しい小学校で二年生になった。引っ越しした時は嬉しくてしょうがなかった。新しい家は二階建てで子供部屋があり、リビングと広い庭があった。川がそばにあり、新しい小学校は家から近く友達もみんな富美と仲良くしてくれた。

だが、六年生の夏休みが終わると、兄は不登校になった。最初の頃は登校時間になるとクラスメイトが兄を家まで迎えに来てくれた。だが、クラスメイトは何度迎えに行っても兄が部屋から出てこないことを察すると、一人減り、二人減り、しまいには誰も来なくなった。

兄が担任の給食を校舎の窓から放り投げて、母が呼び出されたことがあった。母が理由を聞いても兄は絶対に答えなかった。富美は訳が知りたくて兄の機嫌がいい時に尋ねた。

「クラスを一つの国にたとえて『職業を体験してみる』って授業があったんだよ。科学者をやりたいって紙に書いたら担任のやつが、鈴木君、この国の科学者は定員が一人なの。だって、三十人しかいない国に科学者が三人も四人もいたら、国が成り立たないでしょう。誰がお米を作るの？　誰が自転車を直すの？　あ、小鳥屋さんはどう？　小鳥屋さんはなりたい人がまだ誰もいないから、って言われたんだよ。それって職業選択の自由じゃなくて、ただの調整と妥協じゃないですか、って聞いたんだよ。そしたら、そうよ。実社会は調整と妥協で成り立っているのよ、って」富美はその時、チョウセイとかダキョウとか難しくてわからなかった。お兄ちゃんは動物が好きなんだから小鳥屋さんでもいいじゃない？　と言った。俺が言ってるのはそういうことじゃないんだよ、だからお前はバカなんだよ、と言われた。兄は担任の悪口を散々言った。そして石川先生に会いたい、と言った。

兄は六年生の残りのほとんどを家で過ごした。富美は兄の不登校を不良みたいでかっこいいと最初は思っていた。だが、それはやがて苦痛に変わった。

ある日、富美が同級生の男子と職員室に学級日誌を届けに行くと、兄の担任が話しかけてきた。担任は魔女のような顔をしていた。巻き髪で化粧の臭いもキツかった。着ているスーツが他の先生より高そうだった。

「浩一君の妹さんね。お家に帰ったらお兄さんに学校に来るようにお願いしてみてくれないかな？　先生もクラスのみんなも待ってるよ、って」と口角を上げて言った。しかも、一緒にいた男子の目を見ながら言った。

　案の定、男子は次の日からそれを言いふらした。

「鈴木のお兄さんってさ、学校来てないんだよね、どうして？」

　男子はわざと友達がいる前で聞いてきた。富美は兄と同罪のような気持ちになった。転校してきた児童はただでさえ目立つ。兄が不登校とわかれば、いじめられるかもしれない、と富美は思った。

　富美は兄のことは一切シラを切り、クラスでは目立たないポジションにいることに徹した。六年生のクラスには絶対に近寄らなかった。幸いしたのは鈴木という姓が富美のクラスに三人いたことだ。その中の一人、鈴木大介君はクラスのリーダー的存在だった。鈴木大介と混同するため、富美の噂話が話題に上ることは結局ほとんどなかった。その時だけ富美は日本で二番目に多い姓に感謝した。

　最初、富美は兄の味方をしていたが、次第に恨むようになった。子供はみんな学校で勉強をしなければいけないのに。兄はわがままで弱い人間だと思った。兄のせいでいじめられるかもしれないのに、なぜ我慢して学校に通ってくれないのかとさえ思うようになった。

母に請われ、兄は卒業式だけは何とか出席した。富美はあの少し丸まった兄の背中を今でも覚えている。同級生がブレザーやきちんとした格好をして体育館に整列しているのに、兄だけがジャージ姿だった。卒業生が百人以上並んでいるのに、富美は兄の存在をすぐに見分けることができた。前途有望な卒業生の中で兄一人だけが居場所がないように突っ立っていた。

「鈴木浩一」と担任が名前を呼んだ時、富美はドキッとした。なぜか兄より自分が緊張している気がした。兄が卒業証書を受け取りに壇上に立った時、そのジャージ姿に会場の至るところから笑い声が上がった。富美は顔から火が出るほど恥ずかしかった。

卒業生が退場する時、兄と目が合いそうになった。富美は目をそらした。兄妹だと思われたくなかった。その時パチン、と頭の中で何かが切れる音がした。その瞬間、兄が視界と頭の中から消えた。目の前を歩いてくるそれを兄と思うのをやめることができた。

兄が卒業した時は心の底からホッとした。兄はもう小学校には存在しない。富美はようやく〝鈴木浩一の妹〟という身分から解放された。それまで富美の部屋は兄と同じだったが、三年生になると隣の和室が与えられた。富美は兄と会話することが自然に減っていった。

兄は中学から学校に行くようになった。一見順調に見えたが、友達を一切作らず、学校から帰ると一人で部屋にこもった。大学を卒業して一度はサイタ冷熱という国道沿いの工場に就職したが、三ヶ月足らずでやめた。

兄は引きこもりになった。

コンビニに買い物に行ったり、たまに日雇いのバイトに出かけたりするが、社会のレールからは脱線してしまったように見えた。富美は兄の存在を友達にはずっと隠していた。それはそんなに難しいことではなかった。兄の記憶へ繋がる回路を切ればいい。記憶がなくなれば兄は存在しないのと同じだから。気づけば兄とは何年も話していなかった。最後に話したのはいつだっただろうか？　富美は思い出そうとした。だが、常に回路を切っていたので思い出すことができなかった。


あの日、玄関の引き戸を開けた瞬間に、ムッとした熱気を感じた。

廊下もリビングも真っ暗だった。ただいまー、と台所に向かって声をかけた。いつもならすぐに返ってくる母の返事がなかった。そもそも玄関の鍵が開いていた。もしかして強盗でも入ったのかと思い、大きな声でもう一度ただいまー、と言った。やはり返事はなかった。耳をじっとすますと玄関のすぐ横のリビングから奇妙な音が聞こえてきた。

かたんかたんかたんかたん、からからからからから。

リビングに入ると赤い光が反射していた。石油ストーブがつけっぱなしになっていた。リビングは十二月とは思えないほど暖かく、空気はひどく乾燥していた。ストーブの上にやかんが置いてある。湯気は出ていない。奇妙な音はやかんを空焚きしている音だったのだ。富美はやかんをストーブの端に動かそうと、取っ手を握った。あまりに熱くてあっ、とすぐに手を離した。やかんはがらん、と音を立てて床に転がった。慌ててテーブルの上の布巾を取っ手に巻きつけてやかんを拾い、ストーブの端に置いた。火事にならなくてよかった。水がなくなるまでやかんをかけっぱなしにするなんて。母はどこに行ったのだろうか。

ツンと温泉のような臭いがするのに気づいた。卵が腐った臭いだ。テーブルを見るとオムレツと肉じゃがとお浸し、ご飯と味噌汁が二人分用意してあった。兄と母の食事だろうか。母には里美と食べてくると伝えたし、父はいつも帰りが遅い。

だけど、奇妙だ。

母が兄の分まで食事を用意していなくなるというのは、一体どういうことなのだろうか？　もしかしたら二人は強盗に監禁されているのではないかと冗談のようなことを考えながら、二階に上がった。だが、兄の部屋に強盗はいなかった。

床で母が手首から血を流して倒れていた。そして、押入れの前で兄の最期の姿を見た。

ゆっくりと目を開けた。気持ちを落ち着けようと天井を見たまましばらくじっとしていると、背筋にぞくっと悪寒が襲ってきた。

また、あの日のことを夢に見た。

空焚きのやかん、腐ったオムレツ、母が倒れた姿、押入れの前の兄。

一月だというのに全身から冷や汗が出ていた。体が動かない。ベッドから起き上がるのが怖かった。やっと手だけを伸ばしてスマホのボタンを押した。ディスプレイに表示された時計を見ると、朝の六時半過ぎだった。スマホの明かりが落ちると、闇が訪れ再び悪寒が走った。心臓を大きな男の手で鷲掴みにされ、鼓動が止まるような感覚に貫かれた。だがその感覚とは逆に、脈拍が異常な速さで音を立てていた。落ち着こうとするが、隣が兄の部屋だと思うと余計に動悸が激しくなった。どんなに記憶の回路を切っていても夢の中では、無防備になる。

もう少し寝ないと。最近、睡眠不足で練習に身が入らない。富美は目を瞑ってみた。だが、逆効果だった。脳裏の映像が瞼の裏側に投影された。閉じた目はさながら映画館のスクリーンだった。家にいたくない。このままだと夢に殺されてしまうかもしれない。

富美はベッドから起き上がった。唸るような低音のいびきが床を通して聞こえてきた。

真下は父と母の寝室だ。熟睡できる父の性格に心底腹が立った。だが、父のいびきのお陰で束の間、闇を忘れることができた。今この家には富美と父しかいない。

　カーテンの隙間が明るくなってきていた。あと少しで朝日が昇り小鳥が目を覚ます。そう思うと徐々に動悸が収まっていった。富美は兄の記憶の回路のスイッチを切ってみた。頭がフリスクを食べた後のようにすっきりするのを感じた。だが、もう眠れそうにはない。重い体を起こして明かりを点け、ノートパソコンを開いた。アルゼンチン駐在員の北別府さんからメールが来ていた。今頃あっちは仕事終わりなのかもしれない。母に嘘をついてから、三度目のメールだった。

　今日のメールにはなぜか北別府さんの写真が添付されていた。丸坊主で二の腕が丸太のように太く全身が褐色に日焼けしていて、人の良さそうな印象だった。博おじさんが言うには北別府さんは酒癖が悪く、酔うとすぐに女性をナンパするらしい。富美は北別府さんとメールのやりとりをしているかと思うと、少しおかしくなった。出会い系にハマるとこんな感じになるのだろうか。もちろん富美は北別府さんに会ったことがない。博おじさんは赤エビの輸入を始めようとした時、車エビ養殖の職人だった北別府さんをスカウトして現地駐在員として雇ったのだ。

　うちの家族は誰も海外に行ったことがなかった。富美はここ数日、学校の図書館やネットのほか、博おじさんの話を聞いてアルゼンチンのことを調べあげた。兄の思考は理解しているので、手紙の内容は富美が考えている。母は相手の嘘や感情の機微に気づくと放っておけない性格だ。母の中で整合性が取れて納得するまで、相手を問い詰める。

北別府さんからのメールには、アルゼンチンから日本までの航空便は届くのに一週間、スピード郵便だと四日かかると書いてあった。それは都合がいい。それだけ時間があれば信ぴょう性のある内容が書ける。とは言っても、兄は読書感想文のコンクールで毎年県大会に選出されるほど文章を書くことに長けていた。言葉や文体には慎重の上にも慎重を期して書こう。兄が中学生の時に書いた作文がどこかにあったはずだ。筆跡の参考として北別府さんに写メで送った方がいいな。絵葉書には直筆で北別府さんに書いてもらうつもりだ。今日はざっくりと内容を考えて、明日は赤エビを買いに行ってみよう。どんなエビなのか知っておく必要がある。手紙の中では〝赤エビ仕入れ担当　鈴木浩一〟になりきることだ。富美は本当にアルゼンチンで兄が働いているような気分になってきた。もう、記憶の中の兄は存在しない。

父　幸男

鈴木幸男の息子、浩一は夫妻にとって初めての子供だった。幸男の父の名前「浩」に、長男であることから「一」を付けて浩一と名付けた。

幼い頃から、浩一は自立心が強かった。特に富美が生まれてからは、お兄ちゃんになったからしっかりしなきゃ、とよく言っていた。浩一は電車が好きだったから、小学生の時にプラレールを買ってきたら、いらないと素っ気なく言われた。プラレールは幼稚園で卒業しました、と悠子にも冷ややかに言われた。浩一は工作が好きだったから、幸男がＤＩＹで本棚を作ろうと誘ったら、その時もすでに浩一の興味は変わっていて、すげなく断られた。幸男は子供の変化に気づくのがいつも遅かった。だから、浩一と遊んだ記憶が幸男にはほとんどなかった。

浩一は気の合う君子とよく遊びに行った。背伸びをして父親を追い越そうとしているように見えた。早く大人になりたがっているようにも見えた。

浩一が不登校になった時、幸男は見守るしかないと思った。新しい学校では浩一は友達を作ろうとはしなかった。環境を変えると子供は敏感に反応する。あの家の周りは物騒なのよ、学区レベルが低いし、台所は最新式の方が使いやすいんです、悠子は不満を並べ立てた。俺の通勤距離がどんどん延びようと家は主婦の王国だ。女王の顔を立てるしかなかった。今になって、あの時近所に引っ越すべきだったと後悔した。

悠子は小学校に毎日通い、浩一の担任と不登校について相談するようになった。幸男も担任に会ったことがあるが、妙に派手な女性の先生だった。幸男はあまり好きではなかった。石川先生の方が骨があって、男として信用ができた。所詮、女には男のことなどわかりっこない。男には必要なのだ、一人で悩み、考える時間が。幸男は浩一の問題を少年期における通過点だと考えていた。だが、実際は仕事が忙しく子供のことは二の次だったというのが本音だ。悠子のストレスは日に日に溜まっていくように見えた。

「そっとしておけ、男なんて。一人で考えたいんだ」と、見かねた幸男は悠子に言った。

癇に障ったのか倍返しを食らった。今から学校に行かないでどうするんですか、あの子の将来はどうなるんですか、それを考えるのが親の責任でしょ、今の日本は大卒じゃないと通用しない社会なんです、と幸男が高卒であることを暗に揶揄した。

幸男は定年後、浩一との時間を作ると悠子に約束した。だが今更、浩一と何を話していいのかわからなかった。今まで毎日深夜まで仕事をして、子供との時間などほとんど取らなかった。結局、約束は果たせなかった。

遅かったのだ――

プラレールもＤＩＹも。幸男は浩一に寄り添うのがいつも遅かった。

生まれて初めて来た原宿の竹下通りで後ろ向きなことばかり考えて歩いていた。しかし、何でこんなに人でごった返しているのだ。まるでビートルズが来日した時のような騒ぎではないか。人だかりができている店を何だろうと覗くと、何てことのないバッグが安売りされていた。髪の毛をかき氷のメロンシロップのような色に染めた若者の後ろに背後霊のようにボーッと突っ立っていたので、チッと舌打ちをされた。幸男が慌ててその場を離れると西洋のお姫様のような女の子が通りを歩いてきた。中学生ぐらいだろうか、金魚の尾ひれみたいに薄いレースの生地が服のあちこちに縫い付けられていた。彼女の隣には地味な格好の中年女性が寄り添っていた。ママ、あっちも見ようよ、とお姫様は母親と一緒に手を繋ぎながら歩いている。ああいう友達みたいな親子も世の中にはいるのだな。幸男は子供たちと手を繋いだ思い出など一切ない。今、富美と手を繋いだりしたらセクハラで訴えられかねない。浩一とは一度も飲みにも行かなかった。会社の若い連中とは散々行ったというのに。

いかん、またもや思考が後ろ向きになった。これでは三歩進んで四歩下がるだ。さっきから、竹下通りの人の流れも遅々として進まない。まるで幸男の頭の中のように渋滞している。俺は一家の主人だ。しっかりしなければ。

一旦、頭の中を交通整理しよう。

まずは、そうだ、もんぶらんだ。ソープランドもんぶらんのことをすっかり忘れていた。こういう時はもんぶらんに今すぐ行くべきだ。もんぶらんの再訪がこの後ろ向き思考を払拭する推進力となるはずだ。しかし、いつもんぶらんを再訪すればいいのだろうか。博君は店に何回も通い、何回も指名をしないと店外デートに誘うのは無理だろうと言っていた。

何回も通う――

果たして何回もとは三回ぐらいのことを言うのだろうか？　いや三回では少ないな、五回、いや十回は通わないと何回もとは言わないだろう。そうなると、一回三万、指名料が二千円だから十回で計三十二万。それに往復の交通費も約二万かかる。これは一体どうしたものか。退職金に手をつけるわけにもいかない。悠子の病院代と老後の資金も必要だ。会社の接待費で落ちるだろうか。ああいう店は飲食店と偽れる領収書を発行してくれると聞く。だが、その場合、飲食店に行ったと誰かと口裏を合わせないといけない。五十嵐君は経理に嘘をついてくれるだろうか。だが、そもそも三十万もの接待費が嘱託の社員に出るわけがない。今はどこの会社も接待費には厳しい。それに経費でソープに行っていることが会社にバレたら確実に俺はクビだ。

よし、ここは一回で店外デートに持ち込むよう最善を尽くすとしよう。こちらが誠心誠意思いを伝えればイヴちゃんだって人間だ、わかってくれる。絶対にノーセックスだ。部屋に入ったらそのことをイヴちゃんに即伝えないと、即尺をされかねない。あくまでも俺はイヴちゃんと二人っきりで話がしたいと真摯に訴える。店外デートの約束を取り付けられれば、お茶代だけで済む。もんぶらん一回分なら会社の経費でうまく落とせるかもしれない。幸男はかなり前向きな気分になった。

そろそろ富美にもあのことを話さなければならない。いつまでも隠しておくわけにはいかない。だが、この間のソープ代立て替えの件が父と娘の間に軋轢を生んでいた。まずはその誤解を解くことから始めなくては。今は何を話しても言い訳に聞こえてしまう気がする。時期尚早だ。まだ胸の内に留めておこう。それに、今は嘘で家族が成り立っている。


「何で嘘ついた?」

君子は開口一番大声をあげたのだった。

悠子に嘘をついた後、幸男たちは医師の細田から悠子の病状についてカンファレンスルームで説明を受けていた。

そんな恐ろしい顔をするからお前はお嫁にいけないのだ、と思う。俺は嘘をつこうとしたわけではない、いや実際嘘をついたが、どちらかというとお茶を濁したという表現が適切だ。日本人らしく空気を読んだのだ。

「おばさんだって副社長に嘘ついたじゃん！」

「それとこれとは違うでしょ！」

富美は喧嘩腰だ。こんなに気の強い娘だったか。

確かに嘘の次元が副社長の時とはまるで違う。悠子は浩一が本当にアルゼンチンにいると信じてしまった。お茶を濁したどころではない。お茶と茶菓子が載ったちゃぶ台ごとひっくり返してしまったのだ。

「間違っていなかったと思いますよ。当面、息子さんの事実は隠した方がいいと思います」医師の細田のパソコンには悠子の脳のCT画像が見えた。

「手首、また切っちゃうとシャレになんないしね」

博君も激しく同意した。そうだ、俺たちのしたことは決して間違っていない。

「悠子さんは気を失う前の何日間かの記憶が欠落しているようです。逆行性健忘という症状です。いわゆる、記憶喪失です」

やはり、そうだったか。ひと月以上昏睡していたのだ。あの日の記憶がなくなっていてもおかしくはない。

「その、戻るんですか？　記憶は」

富美が神妙な面持ちで細田に尋ねた。細田はメガネを少し押し上げ、またCT画像を見た。あんな心霊写真みたいな画像で悠子の脳内が本当にわかるのだろうか。

「戻ることもあれば戻らないことも。でも、一生このままってわけにもいきませんものね」

「そりゃ、いかんでしょー」

君子はそんなのあり得ないあり得ないと言って、ガハハハハハと一人で笑った。君子は笑い終えると、瞬間芸のように素の顔に戻った。俺と富美と博君が押し黙っていたからだ。その時、三人は全く同じことを考えていた。

一生このまま記憶喪失でもいいのではないか、と。


富美に教えられた店にはアメリカ軍の軍服やメタルバンドのTシャツが狭い店内にびっしりと並べてあった。幸男が店に入ると顔中至るところにビスを打ち付けた店員が現れた。あれがボディーピアスというものか。顔面が昭和のパチンコ台の盤面のようだ。北斗の拳という漫画が浩一の部屋にあったが、その中に出てくる悪党に似ていた。

「何かお探しですか？」

悪党面の割には、声は少女のようにか弱く繊細で、しかも腰が低かった。やはりアパレル激戦区原宿で商売をするということは、若さと勢いだけでは成り立たないのだと悪党は熟知している。

だが、躊躇した。幸男は探している商品を口に出そうとした。これから、俺がしようとしていることはとても馬鹿げた、後ろ向きの行為なのではないだろうか。いかん、迷ってはダメだ、とにかくこれが最善の策なのだ。もう引き返せない。幸男は悠子のため、家族のためだ、と自分に言い聞かせた。

「あの、チェ・ゲバラのTシャツが欲しいのですが」

幸男は今日、ようやく一歩だけ踏み出すことができた。

母　悠子

「母さんへ　浩一です。体調はどうですか？　日本はまだ寒いですか？　僕はやっとアルゼンチンの気候に慣れてきました。今、サンホルヘ湾に真っ赤な夕日が沈みました。僕の下宿の下には夫婦でやっている小さなバーがあります。ブレンダとニコラスが作ってくれたミラネッサを肴にビールを一杯だけ飲みました。すっかり鈍《なま》っていた体にアルコールが心地よく、五臓六腑に染み渡ります。ところで赤エビはアスタキサンチンという成分が他のエビの倍以上含まれているのを知っていますか？　ビタミンEの約550倍、β－カロテンの40倍もの効果がありシミやシワなど肌の老化の原因である紫外線によって発生する一重項酸素に最も効果が高いことがわかっています。いつか母さんにも、僕が取ったエビを食べて欲しいです。回復を祈っています」

浩一がアルゼンチンから手紙をくれた。描写が巧みで、行ったこともない異国の風景が脳裏にまざまざと浮かんだ。浩一は小説家になれるぐらいの才能を持っているのではないかと思った。

「自己主張が強いのはいいことですが、少しわがままです」転校先の小学校の担任に一学期の成績表の備考欄に書かれた。実際、浩一はわがままだった。自分の思い通りにならないとすぐにキレるところがあった。幼稚園の時はプラレールがとにかく好きだった。買ってあげないと悠子が降参するまでおもちゃ屋の床に大の字になって動かなかった。大の字のまま引きずって家まで帰ったこともあった。その割には男としての自意識が高く、子供扱いされるのを嫌がった。幸男が買い与えたおもちゃで本当は遊びたいくせに、わざと興味のないふりをした。協調性に欠けるところがあり、学校に行くと喧嘩が絶えなかった。だが、悠子はそれが浩一の個性であり才能であると尊重した。一見、風変わりなところは友達にも好かれたし、転校する前はクラスの人気者だった。担任が石川先生だったことが大きい。石川先生は浩一の個性を誰よりも重んじてくれた。周りに流されることなく一人で考える力がある、と言ってくれた。

だが、学生時代に左翼の活動家だったと同じクラスの保護者から噂を聞き、悠子は少し距離を置こうと思った。それにこの辺りの学区レベルはあまり高くない。子供の環境と教育のことを考えると、家を買うタイミングで引っ越した方がいいと思った。

中古で買った家の周辺は学区レベルも高く、この地域では大学進学率が最も高い公立高校があった。引っ越し先を今のところに決めたのはもちろん子供の将来のためだ。大人が最高の環境を与えれば子供は自然と伸びる。浩一は少し我が強いのが玉に瑕だが、手のかからない子供などいない。教育レベルの高い地域で暮らせば、浩一の能力はもっと開花するはずだ。

「浩一君が私の給食を窓から投げ捨てたんです」

ある日、悠子が転校先の担任に呼び出されて学校へ行くと、開口一番に告げられた。悠子が浩一にどうして？　と聞いても浩一は一切答えなかった。悠子は辛抱強く何度も聞いた。浩一が理由もなくそんなことをするとは思えなかったからだ。だが結局、浩一は給食がまずそうだったから捨てた、と悠子をはぐらかしたのだった。

浩一は何とか大学まで卒業したが就職先が決まらなかった。真面目な浩一ならきっと希望の会社に入れると思っていたが、あのランクの大学ではやはり現実は厳しいのかもしれない。それに面接が心配だった。日本は個性より協調性を重んじる。浩一は何十社も受けたが、一社も決まらなかった。悠子は求人ニュースを見ては浩一に合いそうな企業を勧めた。出版社がいいだろうか、映像制作も合うのではないか。そうだ、浩一は組織より個人で仕事をする方が向いている。今からでも司法試験を受ければいいのではないかと、受験を勧めたりもした。

悠子は浩一が社会に出ることなく、小学六年の時のように家に閉じこもってしまうのは嫌だった。二度とあんな浩一は見たくない。悠子は懲りずに求人案内をそっと部屋の戸の隙間に差し込んだ。そんな悠子の願いが叶って、一度は地元の冷蔵庫の工場に就職した。だが、三ヶ月も経たずに辞めてしまった。もう少しだけ堪《こら》えて欲しかった。世の中は自分の思い通りになることばかりではない。

「放っておけ、男なんて」と幸男は言った。

何て無責任な言葉だろう。放っておいたら浩一は部屋から出て、仕事を決めてくると言うのか。悠子はとにかく食事だけでも毎日誘うようにした。うるさがられても無視されても浩一の部屋に声をかけた。

浩一が仕事を辞め、引きこもって三年が経過しようとしていた。引きこもりを海外に連れて行くと治った事例がある、と専門家が書いた本で読んだ。筆者は日本の若者が引きこもりになるのは、日本独自の切り捨て社会に問題があると訴えていた。悠子はこれだ、と思った。浩一は日本という規格に収まるタイプではない。あの子は一人なら必ず力を発揮するタイプだ。日本人がいない、浩一のことを誰も知らない土地で働けばきっとうまくやれるはずだ。まだ若いのだから海外で外国語を身につければ、日本に戻った時、選択肢が広がるはず。早速、博に連絡した。博は能天気でいい加減で浩一の性格とは真逆だ。だが、浩一との仲はいい。博が頼めばプライドの高い浩一もきっと言うことを聞くだろうという気がした。

結果、その読みが功を奏した。

あのまま夫の言うとおりにしていたら、浩一は確実に路頭に迷っていた。なぜあのような父親から浩一のような繊細な子供が生まれたのか本当に疑問だ。あの子はそこら辺の子とは違うのだ。

浩一の送ってきた絵葉書は日本のものより少しサイズが大きい。何だかとても新鮮だった。カラフルな街並みを背にタンゴのダンサーが抱き合っている写真、スペイン語で書かれた住所の脇には見たことのないデザインの切手。写真の街は浩一の住んでいるコモドーロ・リバダビアという街なのだろうか。ここで浩一が暮らしているのかと思うと、悠子は涙が出るほど嬉しかった。本当は直接電話で話したい。だが、悠子はまだうまく喋ることができない。とは言っても、病に臥《ふ》している母親が電話で話したいなんて言うと浩一のことだ、却って責任を感じてしまうだろう。焦っちゃダメだ。今は少し距離を置いて一人前の大人として扱うことだ。浩一の気分を損ねてはならない。浩一は今やアルゼンチンで地に足をつけ、しっかり働いているのだ。入院代を稼いでくれているなんて嘘でも嬉しい。やはり、親の思いというのはいつか子供に届くものなのだ。浩一の部屋に向かって毎日声をかけ続けたことは無駄ではなかった。

結局、家族とは対話なのだ。とことん話し合えば絶対に通じ合う。

「ほら、あたしの言った通りでしょ」と幸男に嫌みの一つでも言ってやりたかった。浩一に早く返事を書きたい。今週からリハビリが始まるので、右手だけでも早く動かせるようにしよう。悠子にとって浩一からの手紙は何よりの励みだった。

妹　富美

　国際宅配便ＤＨＬの段ボール箱のテープを父が剝がした。母が中身をじっと見つめていた。きっと感極まっているはずだ。なのに、博おじさんはへへへへへへ、と大仰に笑いながら、中身を取り出してさっさと段ボール箱を片付けようとしていた。おじさん待ちなよ、今、お母さんはアルゼンチンの匂いを嗅いでいるんだから。目でサインを送ったが、へへへ？　と間抜けな顔をされた。

　博おじさんのアパートにあったＤＨＬの段ボール箱に、富美がパワーポイントで作った偽《にせ》の伝票を貼り付けてあったので、いつ母にバレるかと不安でしょうがないのだ。それが博おじさんの顔の全面に出ていた。おじさん、そんなことで嘘はバレないの。態度と口からバレるの。

「今アルゼンチンじゃやさ、このＴシャツみんな着てるから。流行ってんだって。へへへへへへへへへへへへ」

　余計なこと言わなくていいんだって。しかも、いつもより「へ」が多く声が裏返っている。こりゃ嘘がバレるとしたら博おじさんからだな。逆に父は思ったより落ち着いている。

普段無口なのが幸いしている。

「ねえ、みんなでこれ着て記念写真撮らない？　写真を絵葉書にしてお兄ちゃんに送ったらどうかな？」

博おじさんと父が富美を尊敬の眼差しで見た。母もうなずいて賛同した。やはり、父に家族全員分を買っておいてもらって正解だった。


「もっと寄ってください、はい仲良く、はいチーズ」

看護師の佐久間さんが富美のスマホのカメラのシャッターを押した。

あたしたち四人は全員チェ・ゲバラの顔がプリントされたＴシャツを着ていた。一歩間違えばどこかの政治団体だ。しかし、ここの誰もが二十世紀を代表する革命家の思想に共鳴しているわけでもなく、ましてやその激動の生涯さえも知らない。博おじさんなんてチェ・ゲバラのことをこの間までキューバのミュージシャンだと思っていたそうだ。

兄の住む街コモドーロ・リバダビアにはチェ・ゲバラのＴシャツは売っていないと北別府さんのメールに書いてあった。だけど、富美はアルゼンチン出身のチェ・ゲバラにこだわった。嘘の説得材料になると思ったからだ。あと一年で医学部を卒業予定だった喘息持ちのチェ・ゲバラが友人のアルベルト・グラナードと一台のオートバイで南米を旅して革命家になったストーリーは、繊細で理想家の兄の姿と重なる部分が多い。チェ・ゲバラの日記には、旅立つ前に恋人のチチーナにカムバックと名付けた犬をプレゼントしたと書いてあった。チチーナの元に必ず戻ってくるというメッセージを込めた。このエピソードは使える。富美は早速アルゼンチンの犬の写真を北別府さんに撮ってもらった。何かに使えるだろう。ま、犬なんてアルゼンチンにいる犬でなくてもいいのだけど。

「まあ、仲がよろしくて結構ですわね。家族は仲がいいのが一番よ」

何も事情を知らない同室の加藤さんがニコニコと笑っていた。加藤さんの息子さんは週に二日は太った孫を連れて見舞いに来る。仲がいい家族というのは加藤さん一家みたいな家族のことだ。うちみたいにしょっちゅう見舞いに来る家族は逆に訳ありなのだ。

「富美ちゃん、笑って」佐久間さんの言葉に、富美は慌てて笑顔を作った。


おいしい。これ浩一の仕入れたエビなの？　と母が掠れた声で喋った。「そうだよ」と相槌を打った。母がこんなに必死に声を出しているのに、いなげやで買った赤エビを食べさせるのは少しだけ心苦しい。しかもアルゼンチン産が売り切れていたので、このマヨネーズをつけた赤エビは伊勢湾で水揚げされた高級品だった。最近浩一ったら手紙にエビのことばっかり書いてくるの。何かおかしいわよね、と、母はまた掠れた声で喋った。

「あいつ、大学文系なのになぁ」

父はすぐにしまった、という表情をした。そして椅子から立ち上がると、病院の窓に向かってストレッチをし始めた。

何でそこで焦る。

赤エビのことはネット情報を丸写しして兄の手紙に書いていると父に話した。だからといって、富美が手紙の内容を考えているとは思わない。母はふぅとため息をつくと、眉間にシワを寄せて怒り気味の顔をした。富美はすぐに安堵した。父を責める時のいつもの顔だ。子供のこと何もわかっていないなぁという顔。父が子供のことで意見すると母は大抵この顔をした。子供の時は科学者になりたいって言ってたじゃない、母は絞り出すような声で父を諫めた。よかった、父の失言と捉えてくれたようだった。

やっぱり無理して大学行かせてよかった、と母は自分のしたことに改めて自信を持って、うなずいていた。

「ゲバラは医学生だったから。もしかしたら、お兄ちゃん影響受けたのかもしれないね」

そうね、医者は専門職だから浩一に向いてるかもしれないね、とうなずいた。兄を母の望む物語のレールに乗せてしまえば、嘘はそんなに難しくはない。母は相変わらず兄の将来を夢見ている。子育てに成功したかのような母の勝ち誇った顔に、富美は苛立ちを感じた。

たとえ兄が生きていたとしても今更、医学部など目指さないと思う。
お兄ちゃんはお母さんの思い通りにはならなかったよ。
富美の胸の内に兄の本当の姿をぶちまけたい残酷な衝動が湧き上がった。

母　悠子

「浩一へ　お元気ですか？　手紙ありがとう。素敵なTシャツも。汚い字でごめんなさい。リハビリにもなるというので、何とか手で鉛筆を握って書いています。頑張って働いているみたいですね。お母さんは嬉しいです。本当によかったね。浩一は学者肌だから日本みたいに小さくて息苦しい国よりも偉大な革命家が生まれた大きな国でノビノビ働く方が向いていると思います。お母さんは浩一を信じていましたよ。あの部屋で過ごした時間は、浩一が自分自身を見つめ直すのに必要な時間だったと。言葉も通じない国で、右も左もわからなくて大変だと思いますが、それは周りも浩一のことを知らないということです。日本のことなんて忘れて新しい生活を始めればいいじゃない。くれぐれも体には気をつけてね。母より」

「母さんへ　浩一です。手紙ありがとう。お土産気にいってくれてよかったです。こちらでの仕事は今までずっと部屋で過ごしてきた僕にとって、全然簡単ではありません。慣れない船でいつもフラフラになって、家に帰ったら今度はスペイン語の勉強です。毎日覚えることが多くて、好きな読書も全然できません。でもクタクタで港に帰ってくると、いつも生きているって実感が湧きます。海風を浴びて体を動かすことはとても充実感がありまえ。早くこうすればよかったと思います。あの部屋で過ごした毎日は僕にとって闘い、いや革命そのものでした。チェ・ゲバラはこう言いました。『未来のために今を耐えるのではなく、未来のために今を楽しく生きるのだ』僕は今を楽しく生きています。いつか近い未来、家に帰ったら母さんのオムレツとよもぎ餅が食べたいです」

「浩一へ　忙しいのに手紙ありがとう。今日は少し疲れてしまったので富美に代筆してもらっています。チェ・ゲバラは素晴らしい人ですね。今度、本を読んでみます。オムレツとよもぎ餅ならすぐに作れます。退院したら、いつでも作ってあげます。体に気をつけて頑張ってね。母より」

「母さんへ　浩一です。あまり無理しないでくださいね。本当はスカイプで話せればいいのですが、こちらではパソコンもスマホも高級品で買うことはできません。リハビリを始めたと富美からの手紙で知りました。経過も順調でひとまず安心していい、と書いてあったのでほっとしました。実は母さんが入院すると知った時、アルゼンチンに行くのを躊躇しました。しかし、ここで後ろ髪を引かれて留まったら一生後悔する、と博おじさんに言われ旅立ちを決意しました。わがままを許してください。実は最近バイクに乗っています。ノートン・モーターサイクルズというイギリスのバイクです。一緒に働いている北別府さんが地元の漁師から乗らなくなったバイクをもらってきてくれて、仕事が終わった後、毎日練習しています。チェ・ゲバラが乗っていたバイクもノートン製のバイクです。もっとも彼が乗っていたのは古い型ですが。いつかこのバイクに乗ってチェ・ゲバラの軌跡を辿ってみたいと思っています」

「浩一へ　お元気ですか。先日こちらでは雪が降りました。お母さんのベッドは窓際なので外がよく見えます。病院の下の広場では子供たちが雪ダルマを作ったりして、とても綺麗な雪景色でした。家にもけっこう積もったみたいで、お父さんが屋根の雪かきをしたみたいです。だけど、転んでしまって、タンコブを作ってしまい看護師さんに薬を塗ってもらっていました。そうそう、お母さんはリハビリを始めましたよ。筋肉がかなり落ちてしまっているので、リハビリ以外でも自分一人でご飯を食べたり車イスに乗ったりして積極的に動くようにしています。浩一もバイクの練習はいいけど、事故のないように安全運転でね。お母さんは料理中に手首を誤って切ってしまって大量出血で意識不明になったみたいです。富美がお母さんを発見してくれたから間一髪生きているけど、思わぬことで生死に繋がるからくれぐれも気をつけて下さい。ところで、浩一は医学の道は興味ありませんか？　チェ・ゲバラさんも元々は医者だったと本で読みました。やはり、これからは手に職の時代です。浩一は一人で仕事ができる専門職が向いている気がします。いずれ日本に戻ってくることを考えているのであれば、大学に入り直して医者になる道もあると思います。お父さんもまだまだ働くのでお金のことなら心配しないでください。それでは体に気をつけて　母より」

父　幸男

ここがいち会社の社長の自宅とはとても思えなかった、まるでトキワ荘だ。板橋にある博君のアパートは共同玄関、共同トイレ、共同炊事場、築七十年超えの木造建築だった。玄関は斜めに傾き、廊下の板は腐っていた。劣化具合は、名古屋の寺のトイレと大差ない。

「このアパートは二度の大震災をくぐり抜けたらしいです」本気のような冗談を言う。

炊事場からはよくわからない調味料の香りがした、隣の部屋からはシタールの演奏が聞こえた。幸男は段ボール箱に荷物を詰めるとさっさとアパートを後にした。長時間あそこにいたら見たこともない巨大なゴキブリに出くわしそうだったからだ。しかし、五十に届こうとする中年男があんなところに住んでいては、結婚は夢のまた夢だろう。


段ボール箱を車の後部座席とトランクに満杯に積んだので、博君は助手席に座った。

「これどうしたんです!?」

博君が助手席の窓ガラスに貼られたビニールを見て笑っていた。車が走るたびに風でバサバサと音が鳴るので、博君は幸男に大声で話しかけてくる。

「電柱にぶつけてね、粉々。直そうとは思っているんだけど、中々行けなくてね」

「フィリピンでヒッチハイクしたの思い出しますよ！　そいつね、窓ガラスを直す金がないってビニール貼ってたんですよ。だけど、そのお陰でストリートチルドレンがビニール破って物売りつけてくるから困ったって。俺が乗ってる時も子供がビニール破ってマンゴー売りに来たんですよ！」

博君はそれ以上何も聞いてこなかった。最近、幸男も嘘をつくのが上手くなった気がする。動じなければ相手は何も突っ込んでこない。割れた窓ガラスのことを話すのは、幸男にとってかろうじてふさいでいる傷をえぐる行為に等しい。

浩一がアルゼンチンで赤エビの仕入れ担当になってからはや三週間。悠子の経過は順調でリハビリも頑張っている。来週一度退院することになった。だが、問題は悠子が退院した後だ。

後部座席に置いた段ボール箱がガタガタと揺れていた。中には博君が今まで世界を放浪して集めた様々な雑貨が詰め込んである。サッカーアルゼンチン代表のユニフォーム、ロシアのマトリョーシカ、パプアニューギニアの部族のかつら。タンザニアのマサイ族のお面のフェイク。なぜかビートルズのマグカップなども入っているが、家に着いたらアルゼンチンっぽいものとそうでないものに仕分けすることにする。

今から、二人で浩一の部屋をアルゼンチン一色に飾りつける。浩一がアルゼンチンに傾倒し旅立つまでの経緯を部屋に残すことで嘘にリアリティを持たせるのだ。浩一がなぜアルゼンチンに行ったかということについては、富美の筋書がある。浩一はチェ・ゲバラの生き方に以前から憧れていた。彼の出身地であるアルゼンチンにもいつか行ってみたいと思いを馳せていた。ちょうどその頃、博君にアルゼンチンで仕事をしないかと誘われ、浩一はアルゼンチンに旅立つことを決断した、という筋書だ。やはり富美は浩一の性格をよくわかっている。富美は今でも浩一のことを尊敬しているのだろう。

国道には幸男の車しか走っていなかった。博君が黙ると車内はビニールが風を受ける音だけが聞こえた。前方に鉄塔が見えてきた。鉄塔の周りには、雑草が生い茂った荒涼とした空き地が広がっている。

しまった、ここはあの日に通った場所だ。つい考え事をして、迂回するのを忘れていた。あの空き地の先まで交差点はない。小高い丘が見えてきた。幸男の心臓の鼓動が速まってきた。サンバイザーを下ろして視界を狭くした。しばらく走ると信号が見えた。すぐにウインカーを出し左折した。冬の低い太陽が鋭角に車内に差し込んできた。そこを通り過ぎると、動悸は次第に治まってきた。

博君が丸椅子に乗り、巨大な白い塔が写ったポスターを天井に貼っている。7月9日通りに建てられたブエノスアイレス創設四百年を記念した六十八メートルもあるオベリスクだ。だが、幸男にはその真っ白で細長いオベリスクが池袋にあるゴミ焼却場の煙突にしか見えなかった。

「こういうのって仲がいい家族の共同作業みたいでいいっすよね。へへへへへへ」

仲がいいとは嫌みか。続いて、白と黒のブチの犬の写真を天井に貼った。

「この犬、カムバックって名前なんですよ。浩一の下宿先の夫婦が飼っている犬なんですって」

犬に名前までつけるとは、富美のこだわりも細かすぎてついていけない。しかし、何で富美は手伝いに来ないのだ。こういう時に末っ子のずるさが出る。俺と博君はお前の使いっ走りじゃないんだぞ。

最近の悠子の回復力には目をみはるものがある。昨日リハビリを見に行ったら杖を使わずに自力で歩いてみせた。そしてリハビリが終わると、休みもせず浩一に手紙を書いた。最初の頃は便箋一枚書くのに二時間かかってしまい、まるでミミズがのたくったような字だった。だが、今は意識を失う前と遜色ない字を書くようになった。本人に目標があると回復も早いんですよ、と担当の理学療法士も言っていた。悠子は本当に浩一がアルゼンチンで元気に生きていると思い込んでいる。一度、幸男は富美が考えた浩一の手紙を読ませてもらった。感心した。本当に浩一が書いている手紙なのではないかと思った。

「富美が書いた文をアルゼンチン駐在員の北別府君にメールして、絵葉書に清書して日本に送ってるんです。筆跡もニセて。姉ちゃんに嘘バレると怖いですからね。小学生の時、嘘ついたんですよ。だけど、すぐ姉ちゃんにバレて、二週間三食ソーメンにされましたからね。しかも、真冬に！」

だけどこれ、バレたらソーメンどころじゃないなぁ、へへへへへ、と悲しそうに笑った。博君が姉思いなのは、二人が父子家庭で育ったからだ。幼少期、悠子は博君の母親代わりだった。だから、悠子はしっかり者で気丈だ。だが、一度傷つくと実は物凄く脆い。以前飼っていたインコが死んだ時、悠子は現実が受け止めきれず三日間埋葬しなかった。やっと庭に埋葬すると、今度は悠子が三日間寝込んだ。浩一の死を知ったら悠子は一体どうなってしまうのだろうか。


頭頂部がとんがりコーンのようにとがった、ツバの広い麦わら帽子が段ボール箱から出てきた。ソンブレロと言うらしい。これはメキシコのものではないだろうか。

「大丈夫っすよ。姉ちゃん一度も海外行ったことないですからね。ましてやメキシコやアルゼンチンなんて姉ちゃんにとっては全部同じ南米ですよ。幸男さんだってそう思ってたでしょ？」

悠子だけではなく幸男をも侮辱する発言だ。だが、全くもって博君の言う通りである。国名が書いていない南米の地図を前にアルゼンチンとチリはどっちだ？　指せ、と言われても幸男は答えられる自信はなかった。そもそもメキシコはアルゼンチンの隣国だとさっきまで思っていた。先ほど世界地図を部屋に貼り、間違いに初めて気づいた。井の中の蛙《かわず》とは正にこのことだ。

いつの間にか、部屋に夕日が差し込んでいた。つい先ほどまで浩一の部屋は蔵書の山に囲まれて、灰色一色だった。アルゼンチンと南米の雑貨を配したことで一気に豊かな色彩を帯びた。青春のど真ん中を謳歌している青年の部屋に様変わりした。幸男は『チェ・ゲバラ　モーターサイクル南米旅行日記』を一番目立つ本棚に飾った。表紙の写真にはチエ・ゲバラの隣に、一緒に南米を旅したアルベルト・グラナードがバイクとともに写っていた。幸男は思わず浩一とゲバラを重ねた。アルゼンチンの青空の下を浩一がバイクで走っている、あり得たかもしれないもう一人の浩一が脳裏に浮かんできた。

ふと、幸男は四十九日の時からずっと引っかかっていたことを思い出した。悠子が嘘を信じたのも博君が前々から浩一をアルゼンチンに誘っていたからだ。

「浩一のことといつアルゼンチンに誘ったの？」

「半年ぐらい前だったかな。確かお盆ですよ。姉ちゃんにどうしてもって頼まれて」

幸男は能天気に答える博君に怒りが湧いた。お盆といえば浩一に声をかけたそのすぐ後じゃないか。あの時、浩一は気持ちがかなり不安定だったに違いない。

「けど、襖越しに断られましてね。俺、最後に浩一の顔見てないんですよ」

当然だ。浩一は部屋から出てくるはずがない。何で、悠子は俺に何も相談しなかったのだ。いや、俺から悠子に相談すべきだったか――

悔恨の念がじんわりと幸男の胸に広がった。

「その時、浩一『吸血コウモリがいるよ。アルゼンチンは吸血コウモリの生息地だよ』って言ったんです。どういうつもりで言ったんですかね」

「他には？」

幸男は思わずすがるような口調になった。博君は大根役者のように大袈裟に首を左右に振った。

「もっと強引に誘っておけばなぁ。それだけが心残りで。アルゼンチンは人が明るいんで、こっちの気持ちも上がるんです。浩一の鬱《うつ》も治ったかもしれないなぁ」

「……鬱なんかじゃない」

「え、はい？」

「浩一は鬱なんかじゃない」

「でも、引きこもってたんだから」

「あいつは鬱なんかで死んだんじゃない！　勝手に決めないでくれ」

怒鳴っていた。自分でも驚くぐらい大きな声だった。

「……すいません」

博君がか細い声で謝ってきた。幸男は背を向けたまま返事もしなかった。


山崎をストレートで煽る。胸がほんのり熱くなり、先ほどの興奮が徐々に落ち着いていくのがわかった。何であんなに気が動転したのか幸男にもわからなかった。続けてもう一杯飲み干す。スルスルと喉を通っていき、気分がだいぶ落ち着いてきた。今はこれなしでは寝られない。残り少なくなった山崎の横には白い封筒が置いてあった。

最近、富美は帰りが遅い。大会が近いので帰りは終バスだ。外泊も増えた。どこに泊まっているのだと聞くと、大学の合宿所だと言っていた。女の子が一人で泊まって危なくないのかと言いそうになった。だが、今まで子供に不干渉だった父親が口出しするのも憚られた。富美は四月から三年生になる。次の大会は相当大切だと聞いている。外泊したとしても普段通り学生生活を送っているのは、幸男にとっても安心だ。それに富美はもうある程度悲しみを乗り越えたようにも見えた。浩一の手紙も率先して書いている。大学の新体操部に所属しているぐらいだ。幸男が思っているより肉体も精神も強靭なのかもしれない。日常があるとふさぎ込まなくて済む。幸男も仕事に没頭することで浩一のことをいっとき忘れることができた。

白い封筒の中から生命保険の証書と契約内容の控えを出す。何度見ても、どきりとする。

死亡保険金額　１０、０００、０００円　死亡保険金受取人　鈴木富美様

浩一の生命保険は勉強机の引き出しから出てきた。葬儀の次の日、幸男は仕事を休んだ。富美と一緒に悠子の見舞いへ行こうとしたが、富美は大学に行くと言い出した。家に残された幸男は、浩一の部屋に何か残されていないかと机の引き出しを開けた。

浩一は大学卒業後、国道沿いの冷蔵庫工場で働いた。ビジネスホテルや一人暮らし用の小型冷蔵庫を製造する工場だ。ベルトコンベアーで次々と運ばれてくる冷蔵庫の部品を組み立てていく。本命企業への就職までの繋ぎだろうと思っていたが、浩一は正社員になった。一度、給料明細を見せてもらったが、あまりにも低い金額だった。残業も多いはずだが、社員には手当は付かないという。ブラック企業ではないかと言いそうになったが、大卒にしては手取りが低いのではないか、と幸男は言い換えた。大した大学じゃないんだし、

と浩一は投げやりに言って部屋に上がって行った。大した大学じゃないとは何だ。お前の大学にいくら払ったと思っているんだ。随分後になって浩一の出鼻をくじいたことに気づいた。若い時に労働組合に入っていたせいか、つい悪い癖が出た。結局、浩一は三ヶ月で仕事を辞めた。

恐らく、生命保険は生保レディに誘われて加入したのだろう。新入社員は往々にして会社が契約している保険会社の担当に勧誘される。「将来のことを考えると保険は必要です。個人で加入するより、団体保険の方が保険料は断然格安です」という口説き文句を添えられて。

契約した日付を見ると幸男の想像通り、浩一が入社した時期と一致していた。死亡保険金受取人指定申込書の控えには、保険金受取人が計四名まで記入できるようになっていた。受取金額のパーセンテージも四人まで割り振れるようになっている。受取人氏名①に鈴木富美。続柄、妹。受取割合は100％とゴシック体で印字されていた。つまり富美は保険金一千万円を全額受け取れる。しかし、100％の印字の上にはボールペンで二重線が引かれ80％と手直しがされていたのだ。

そして、富美の欄の下、受取人氏名②には名刺がセロハンテープで貼りつけてあった。それが、イヴちゃんの名刺だったのだ。

「コーイチさん　今日はとっても気持ちよくしてくれてありがとう。また来てね。Ｃｈｕ♡　イヴ」

幸男はもんぶらんの店名が入った名刺を丁寧に剝がしてみた。やはり、受取人氏名②には名前が印字されていない。だが、受取割合②の欄には20％と数字が記入してあった。それは印字ではなく、ボールペンで書いた手書き文字なのだ。受取人氏名②にイヴちゃんの名刺を貼り、受取割合の修正を加えたのは浩一だと考えて間違いない。書類の一番下には「※既契約の変更には名義変更の請求書を使用願います。」と、注意書きがある。浩一が修正した部分は、保険会社にある正式な書類には反映されているのだろうか？

いや、それはない。

これはあくまでも本人控えの書類だ。正式な書類は保険会社にある。いずれにしても、保険会社に問い合わせればわかることだ。悠子のことで保険のことはすっかり手付かずでいた。だが、その前にイヴちゃん本人に浩一との関係性を質《ただ》さなければ。イヴちゃんは浩一の死の真相を知っているかもしれない。この書類は浩一の遺書だと思って間違いないはずだ。

時計の長針と短針が一番上を指した。山崎をもう一杯つぐと瓶は空になった。終バスが出発していれば、間もなく富美が家に到着する。今日は思い切って富美にこの書類を見せてしまおうか。もしかしたら何か知っているかもしれない。いつまでも一人で悩んでいても仕方がない。そういえば、富美に立て替えてもらったソープ代をまだ返していなかった。よし、まずは二万円の件から口火を切るとするか、と山崎を一気に飲み干し、グラスを置いた。

あ、しまった。

思わずグラスを書類の上に置いてしまった。しかも、イヴちゃんの名刺の上に。すぐにグラスをどかしたが、結露が名刺に染み込み蛍光ペンで書いた文字が滲んだ。ティッシュを探すが見当たらない。トイレに慌てて駆け込み、トイレットペーパーを手に巻きつけてリビングに走った。名刺を優しく撫でた。少し滲んでしまったが、イヴちゃんのメッセージは判読できる。何だか滲んだ文字はイヴちゃんが泣いているように見えた。

酔いが回り、少し感傷的になっていた。やはり、富美に見せるのはまだ早い。浩一とイヴちゃんとのことがはっきりしてから伝えるとしよう。

イヴちゃんは浩一にとってどういう存在だったのだろうか。ただ通いつめた風俗嬢だったのだろうか、それとも浩一の恋人だったのだろうか。友達だったのだろうか。幸男は風俗に行ったことがないので、そういう女性との間に生まれる関係性が理解できなかった。そうだ、明日は悠子が退院してくる。浩一の部屋の飾りつけを念入りにやっておこう。

幸男は浩一の部屋に行くと、お揃いのチェ・ゲバラTシャツを着て撮った写真を一番目立つ本棚の縁に飾った。悠子の屈託ない笑顔。幸男も富美も博君も、全員が笑顔だ。誰が見ても幸せな家族に見えた。幸男は嘘をつけばつくほど家族が修復していくように思えた。

母　悠子

トン、ズズ、トン、ズズ。

杖をついては右足を引きずる。左足はスッと軽く浮くのに右足はまだ少し重い感覚が残っている。昨日雨が降ったので、庭は少しぬかるんでいた。

二月も中旬を過ぎ、日差しがいくぶん柔らかくなった気がする。春を告げるクロッカスが開花している。黄色いフクジュソウの大輪の花が玄関前を鮮やかに染めている。あと二ヶ月もすればうちの庭はもっと華やかになる。花はこんなにも綺麗だっただろうか？　我が家の庭はこんなにも賑やかだっただろうか？　買った時は築十年の中古で最寄りの駅から更にバスだし失敗したかな、と思った。だが、これから我が家でずっと過ごせると思うと愛おしい気持ちが湧き上がった。

この家で手首を切って倒れてからおよそ二ヶ月半。ようやく退院の日を迎えた。

車から悠子の荷物を取り出し、甲斐甲斐しく先導する幸男が玄関を開けてくれた。途端に懐かしい匂いがした。悠子は我が家の息吹を思い切り吸い込んだ。生き返った気がした。段差があるため杖を博に渡して一人で歩いた。「大丈夫？」と富美に聞かれたが、何でも自分でやることがリハビリになると身をもって知った。よいしょ、と三和土《たたき》に上がってみる。少しフラついたがこのまま休まずに二階まで上がってみよう。

アルゼンチンに旅立つ前に浩一は明らかに変化したと聞いた。まず引きこもっていた部屋を片付けた。本を整理し、窓を開けた。毎日図書館に行くようになり、アルゼンチンについて朝から晩まで勉強した。一度決めたらとことんまでやる性格だ。西日が差す窓際の勉強机で、浩一が本を読んでいる姿が思い浮かんだ。

階段を中段まで上がったところで一息ついた。幸男が手を差し伸べるが、大丈夫と答える。何だか笑ってしまうぐらい幸男が優しい。病人になるのも得だなと思った。階段の踊り場を曲がると浩一の部屋の引き戸が見えた。幸男がホテルのドアマンのように引手に手をかけ、開けようとした。だが、悠子は断った。自らの手で開けたかった。浩一がそこにいないのはわかっているが、自分の目で確認したかった。悠子は浩一が引きこもっていた時のことを思い出していた。

冷蔵庫の工場を辞めた後、毎日昼食を浩一の部屋まで持って行った。浩一が調子のいい時は、たまにリビングで一緒に食べることもあった。その時、悠子は浩一を励ました。単純作業は浩一には向いていない、もっとやりがいのある仕事があるはず。そうだ、編集なんてどう。浩一は文章が上手いでしょ。旅行のパンフレットを作る会社があるの。ほら駅の入り口のところによく置いてあるの、見るでしょ？　石巻《いしのまき》一泊九千八百円とか書いてあるパンフレット。あれを作る会社。新聞にね、求人案内が載っていたの。興味あるかなって思って切り抜いておいたの。浩一は聞いているのかいないのか、黙ってボソボソとご飯を口に入れていた。それももはや過去の話なのだ。

少し立て付けの悪い引き戸を引いた。室内は冷え切っていて、冷気が廊下に流れ込んできた。以前は衣服や本で床が散らかっていたが、本は収まるところに収まり、いつも着ていた紺色のスイングトップはハンガーにかかっていた。アルゼンチンに持って行かなかったのね。あっちは寒くないのだろうか、と心配してしまう。すっかり片付いた部屋に、浩一が集めたアルゼンチンの郷土品がたくさん置いてある。あの先っぽがとんがりコーンみたいな帽子なんて、アルゼンチンぽいなぁ。あの木彫りのお面はどこかの部族っぽくて怖い、でも南米っぽい。ふと、真ん中に置いてある本棚を見る。本棚の縁にはこの間、病院で撮った写真が飾ってあった。みんなが、浩一がアルゼンチンから送ってくれたお揃いのTシャツを着ていた――

不意に溢れた。

頬を伝わる涙だけではない。喜びの感情も次から次へと溢れ出た。

感謝がしたかった。博に、幸男に、富美に、神様に、アルゼンチンに。

感謝してもしきれないことを私の家族がしてくれたのだ。

「よかった。よかったね、浩一。やっとここから出られたんだね。よーく頑張ったね。博、ありがとう。浩一をここから救い出してくれて」

「いや、俺は」

富美と廊下に立っていた博は謙遜したが、すぐにいつも通り、へへへへへへへと笑った。この子は昔からお調子者。嘘はよくつくし学校にはしょっちゅう呼び出され、本当に手を焼いた。五十前なのにいまだに結婚もせず、会社経営なんて始めて、全く。だけど、真逆の性格の浩一ともいつも分け隔てなく付き合ってくれた。心根は優しい子なのだ。

「博君のお陰だ」

「おじさん、ありがとう」

お父さんも富美もありがとう。口には出さないけど、浩一のことでは二人にも苦労かけたね。陰でいろいろ助けてくれたんだよね。本当にありがとう。

隣の和室から獣がうなるようないびきが聞こえてくる。昔ならうるさいと愚痴っていたが、今は幸男に感謝しかない。いびきが一番盛り上がった時に、コンコンと卵をシンクの角に打ち付けた。パリッ、と殻が割れ、卵をボウルに落とした。まだ手先が器用に動かせないのでボウルの中に殻が入ってしまった。悠子は杖を使わずシンクに寄りかかりながら作業をしていた。そっと指を入れて殻をつまもうとするのだが、うまく指先に力が入らない。

「お母さん、何やってるの？」

悠子が二つ目の卵を手に取った時、台所の入り口にパジャマ姿の富美が立っていた。何だかだるそうに見えた。額には汗をかいた痕がある。嫌な夢でも見て起きてしまったのだろうか。

「博が明日、アルゼンチンに荷物を送るって言うからオムレツ作ってるの。浩一の手紙に食べたいって書いてあったから。冷凍してね」

シンクの下の扉を開けた。包丁差しを覗き込むといつも使っている三徳包丁がなかった。

「あれ、いつもの包丁は？　まあ、いいかこれで」

と、小さな菜切包丁を手に取った。

すると突然富美に腕を鷲摑みされた。すごい力だったので、悠子は思わず後ろにひっくり返りそうになった。富美の顔は何か恐ろしいものを見たかのような表情になっていた。

どうしたの、と富美をじっと見つめていると、力を弱めてゆっくりと自分の方に包丁を寄せた。そして、悪巧みが見つかった子供のようにバツの悪い顔をして笑った。

「まだ、危ないから。手伝う」

そうか、富美はあたしがまた手首を傷つけるのではないかと心配をしてくれたのね。

「ありがとう、じゃあ牛乳と玉ねぎと、あとバターを冷蔵庫から取って」

今度は片手で卵を割ってみる。綺麗に割れた。だいぶ勘を取り戻してきた。やはり、実生活で動いた方が体の回復が断然早い。

「富美が台所で倒れてるあたしを見つけてくれたんでしょ？」

返事がないので富美の方を見ると、冷蔵庫の中をじっと見たまま立ち尽くしていた。あの時のことを思い出してしまったのかな。だが、富美の表情は冷蔵庫のドアの陰になって窺うことができなかった。富美は「うん」と遅い返事をすると、野菜ボックスを開け、玉

郵便はがき

おそれいりますが切手をおはりください。

102-8519

〈受取人〉

東京都千代田区麹町4-2-6 9F

株式会社 ポプラ社

一般書編集部 行

お名前 (フリガナ)

ご住所 〒

TEL

e-mail

ご記入日　　年　月　日

ご愛読ありがとうございます。

読者カード

●ご購入作品名

[　　　　　　　　　　　　　　　　　　　　　]

●この本をどこでお知りになりましたか？

1. 書店（書店名　　　　　　　　　　）　2. 新聞広告

3. ネット広告　4. その他（　　　　　　　　　　）

年齢　　歳　　　性別　男・女

ご職業　1.学生（大・高・中・小・その他）　2.会社員　3.公務員

4.教員　5.会社経営　6.自営業　7.主婦　8.その他（　　）

●ご意見、ご感想などありましたら、是非お聞かせください。

●ご感想を広告等、書籍のPRに使わせていただいてもよろしいですか？

（実名で可・匿名で可・不可）

●このハガキに記載していただいたあなたの個人情報（住所・氏名・電話番号・メールアドレスなど）宛に、今後ポプラ社がご案内やアンケートのお願いをお送りさせていただいてよろしいでしょうか。なお、ご記入がない場合は「いいえ」と判断させていただきます。

（はい・いいえ）

本ハガキで取得させていただきますお客様の個人情報は、以下のガイドラインに基づいて、厳重に取り扱います。

1. お客様より収集させていただいた個人情報は、よりよい出版物、製品、サービスをつくるために編集の参考にさせていただきます。
2. お客様より収集させていただいた個人情報は、厳重に管理いたします。
3. お客様より収集させていただいた個人情報は、お客様の承諾を得た範囲を超えて使用いたしません。
4. お客様より収集させていただいた個人情報は、お客様の許可なく当社、当社関連会社以外の第三者に開示することはありません。
5. お客様から収集させていただいた情報を統計化した情報（購読者の平均年齢など）を第三者に開示することがあります。
6. はがきは、集計後速やかに断裁し、6か月を超えて保有することはありません。

●ご協力ありがとうございました。

ねぎを取り出した。

「料理中に気を失うなんてドジね」

悠子は富美に舌を出して微笑んだ。富美もつられて笑った。よかった、大丈夫そうだ。

コンコン、パリッ、卵が軽やかに割れた。

この調子なら十個でも二十個でもオムレツが作れる。


博が呆《ほう》けた顔でリビングのテーブルの上に置かれた猫のイラストが描かれた宅配会社のクーラーボックスを見ていた。口も半開きだ。この子はいくつになっても締まりのない顔をしている。その革ジャンは高校生の時にあたしがアメ横で買ってあげたものだ。襟のところがボロボロじゃない。いつまで着るつもりなの。こんなんだから結婚できないのだ、と思う。

昨日は調子に乗りすぎて、二十個もオムレツを作ってしまった。ジップロックに入れた大量の冷凍オムレツは壮観だった。冷凍した卵はオレンジ色に近い色になった。まるで切りたてのマンゴーのように色鮮やかだった。オムレツと去年作った冷凍のよもぎ餅の残りを入れても、クーラーボックスにはまだまだ余裕があった。スペースがもったいないので新品のパンツと靴下を入れた。しまむらで買ったので浩一のセンスには合わないかもしれないが、下着はやはり日本製がいいに決まっている。

「あっ、セーター入れてあげなきゃ」

幸男がいきなり飲んでいたお茶を吹き出した。

悠子はセーターに結露がつくのはよくないと思い、余っているジップロックに浩一のセーターを入れた。少し不恰好だが、ジップロックに入れると圧縮され、収まりがいい。

「姉ちゃん、アルゼンチン今夏だから」

「え、夏?」

「三十度ぐらいあるから」富美まで突っ込みを入れてくる。

「南半球だから日本と季節逆なんだよ」

ミナミハンキュー、と悠子は鸚鵡《おうむ》返しした。そうなんだ、夏なんだ、へー。そうか、つまり時差があると言いたいわけね。季節が逆というのは海外に一度も行ったことがない悠子にはよくわからない感覚だった。悠子はセーターを抜き取り、クーラーボックスを博に渡した。

「じゃあ博、お願いね」

博は任せて、と発泡スチロールのクーラーボックスの蓋を閉め、バンバンと叩いた。じゃあ、俺も荷物梱包しなきゃいけないからもう行くね。へへへへへへへへ、とろくにお茶も飲まずに帰っていった。何だ、せっかくおいしいおまんじゅうを用意したから食べていけばいいのに。あ、おまんじゅうで思い出した。

「もうそろそろよもぎが生えるわね、そしたらみんなでよもぎ採りに行きましょうね」

新よもぎで作ったおまんじゅうを浩一に送ってあげよう。悠子はこんなにも春が来るのを楽しみにしたことはなかった。

第三章

日比野さつき

　今日は『分かち合う会』の会場のセッティングを頼まれたので三十分早めに家を出る。さつきは、事務局からスタッフの手伝いを頼まれることがある。最近、傾聴電話も頼まれたのだが、さすがにそれは断った。弥生の件で署名をもらったり、弁護士との打ち合わせがあったりするので、人の悩みを聞く余裕はまるでなかった。

　和室の仏壇の前で弥生に線香をあげる。縁側の先に見える、庭の桜の木に冬の灰色の薄日が射していた。暖冬だったせいか今年の開花予想は三月中旬だとテレビで言っていた。弥生は三月の末に生まれたので、例年誕生日の前後に開花することが多い。桜を見ると胸が苦しくなる。否が応でも弥生のことを思い出すからだ。弥生の遺影に再び手を合わせた。

夫はまだ起きてこない。このところ毎日残業で帰りが遅い。「詰め込んでいるんだ、忙しく仕事をしていると何もかも忘れることができる」と言った。一日中家にいる私はどうなるのよ、と言いそうになったがやめた。お前も働けばいい、と言われるだけだ。仕事を始めたとしても正直なところ身が入らないだろう。つくづく男は羨ましい生き物だと思う。

自転車を玄関から出すと、隣の桑原さんが柴犬の惣一郎を連れて出てきた。自宅に茶室を持っている桑原さんは茶道の先生をしている。弥生が通っていた中学校でＰＴＡの会長を務めたこともある。さつきは弥生のいじめの真相を究明するために、教育委員会に署名の提出を一緒にしてもらえないかと桑原さんに頼んだ。だが、やんわりと断られた。それ以来さつきのことを露骨に無視するようになった。おはようございます、とさつきは頭を下げるが、桑原さんは聞こえなかったふりをして通り過ぎようとした。だが、惣一郎はリードをグイグイ引っ張り、ぴょんぴょん跳ね、さつきに飛びかかろうとした。桑原さんが、ぐいとリードを引っ張る。すると惣一郎は眉をひそめたような顔つきになった。さつきは犬にも避けられているような気分になった。

桑原さんには高校生と中学生の子供がいる。どちらかの子が死ねば、私の気持ちが少しはわかるだろうか、とまるで今日の献立を考えるぐらいの気軽さで想像してみた。

夫は一度引っ越しを考えたらしい。だが、不動産屋に問い合わせると事故物件だから無理だ、と言われた。ジコブッケン？　とさつきは繰り返した。「不動産用語で心理的瑕疵物件と言って弥生が風呂場で自殺したことを告知する義務がこっちにはあるんだよ。たとえ売れたとしても半値以下だってよ」夫はガラの悪いチンピラのように吐き捨てた。弥生の命が全く価値のないものだと言っているように聞こえた。私たちはまるで罪人だ。

自転車を走らせると、まだ冷たい風が頰を硬くする。ここ数年で日本の夏はより暑くなり、冬はより寒くなってしまった気がする。このまま溶けるか凍るかして、国ごと滅びてしまえばいいのにと思う。さつきの心はカラカラに渇いて干上がりそうだった。弥生の死の真相究明だけがさつきの心にわずかな湿り気を与えている。

『グリーフケアサポートセンター』が入る雑居ビルにはエレベーターがない。しかも階段が、山頂にある神社の階段のように急勾配だ。息を切らしながら三階まで上がると、入り口の前に米山さんが座り込んでいた。早いですね、と米山さんに挨拶すると、友達もいないし、日曜なのにやることないから、と豪快に笑った。さつきも調子を合わせて笑った。友達は減った。弥生のことは高校からの友人にしか話していない。同級生のママ友はみんな弥生の自殺について知っており、自然と疎遠になった。

米山さんは事務室に入ると、長机を隅に寄せ、きゅうりのぬか漬けとタッパーを置いた。

今日はおにぎりもあるんだと思ってよく見たら、赤飯のおにぎりだった。この場に赤飯はどうかと思ったが、米山さんに悪気は全くないはずだ。

事務所の電話が鳴る。傾聴電話の時間ではないが、さつきは受話器を手にした。あのさぁ、といきなり言われた。粘りつくような男の声だった。

「この世には一分一秒でも長く生きたいと願っても、それが叶わず死んでいく人がたくさんいるじゃないですか？　重い病と闘いながら歯を食いしばって生きている人もいる」

抗議の電話だ。そういう時はどうしたらいいんだっけ、とさつきがまごついているのもかまわず相手は話し続けた。

「そんな一生懸命な人と比べるとさ、自殺する人ってわがままじゃない？　遺族はさ、被害者じゃない、加害者だよ。見殺しにしたんだから。そんな遺族を何で支える必要があるのかね？　あんたらは殺し屋かばってんだよ」

「まだ担当の者が来ておりませんので、四時以降にかけ直してもらっていいですか」と伝えて受話器を下ろした。殺し屋だと言われたが、さつきは何も感じなかった。その通りだからだ。

椅子を円形に並べ始めた頃に武富君がやってきて受付の準備を始めた。『分かち合う会』の開始時刻である二時まで十五分あるが、大抵参加者はギリギリの時間にしかやって来ない。ここに来るということは、自分の身内に自死者がいると公表することを意味する。その扉を開けるのは相当な勇気がいる。たとえ同じ境遇の者がいるとしても、世間の目に晒されることは当事者にとっては恐怖なのだ。

さつきは一度だけ何も事情を知らない人に「娘さんはどうして亡くなったんですか」と聞かれたことがある。その時はさつきも少し話したい気分になり、相手も真剣に聞いてくれそうな人だったので弥生は自殺しました、と正直に話した。相手は一瞬驚いた表情になり、それは大変でしたね、と慇懃無礼に頭を下げ会話を打ち切った。それ以上さつきに介入したくないのが、手に取るようにわかった。以来、弥生の死因を聞かれた時は、心臓発作と答えている。

弥生が自殺するまで、さつきは自殺とは弱い人間がすることで、自己責任だと思っていた。自分とは無関係で他人事だった。たまに自殺のニュースを見ても、どこかフィクションの世界に思えた。さつきは自分が死にたいと思ったことは一度もない。それに自分の子供が親より先に死ぬなんていったい誰が想像するのか？　さつきは自分の生活がどんなに辛くても死を選択することはあり得なかった。さつきの未来は弥生のためにあったからだ。

だが、未来は一瞬にして霧のように消えた。

なぜ死んだのか——

自死の理由は本人にしかわからない。死者は何も語ってくれない。そして、遺された者の脳裏には「なぜ」だけが永遠に残る。

次に沸き上がるのは死の原因が自分にあるのではないかという自罰感情だ。一人静かにこの世を去っても、残された家族や友人は「なぜ助けられなかったのか?」「自分が言った心ない一言で死を決めたのではないか?」「あの時、話を聞いてあげればよかった」と無力感と罪悪感に苛まれ、全否定された気持ちになる。

何故そこまで自分を責めるのだと人は言う。あなたのせいじゃない、勝手に死んだんだとさつきに言ってくれる人もいた。確かにそうだ、勝手に死にやがって、と怒りを弥生にぶつけたこともある。弥生が交通事故や病気で死んでいればまだ気持ちが楽だったのではないかと不毛なことさえ考えた。

だが、結局は何の慰めにもならない。自死者の発見の多くは近親者なのだ。自死者は最も愛する人に、最も残酷で理不尽な〝死〟を突きつけ去っていく。脳裏から消え去ることのないその凄惨な記憶は遺族に癒す暇をひと時も与えないのだ。

さつきは今でも鮮明に覚えている。

風呂場の真っ赤な湯船の中で弥生を発見した時、さつきは心が壊れる瞬間を体験した。自分の心臓が、内臓が丸ごと悪魔に鷲摑みで持ち去られた。あらゆる感情や情緒はズタズタに切断された。さつきはその時、自分が人間ではなくなった気がした。

救急車なんて呼んでいる暇はなかった。一秒でも早く弥生に息を吹き込まなければ間に合わないと思った。私の体内にある酸素を全てあげるから息を吹き返して、と必死に人工呼吸をした。この子はまだ何も知らない。甘くて切ない恋、仕事の苦労と喜び、そして、結婚、出産、新たな家族。数え切れないほどの選択肢と可能性に溢れた未来を弥生は絶った。さつきは弥生が息絶えているのはわかっていた。だが、息を吹き込めば弥生は生き返ると思った。それで足りなければ、私の血液をそのか細い左手首の傷口に流し込もうとさえ思った。

さつきは信じられないぐらいの大声で叫んでいた。桑原さんがさつきの叫び声を聞きつけ、救急車を呼んでくれた。さつきの白いワンピースは真っ赤に染まっていた。


夫は鬱になり——

「小林」さんは毎回そこで黙り込んでしまう。もうかれこれ三回目だった。トーキングスティックのラッコを右手にぎゅっと握りしめていた。その袖口のボタンがとまっていなかった。いや、とめていないのではない。糸がほつれてボタンが取れてしまっていた。

旦那さんが亡くなって半年あまり。ボタンのことを気にする余裕などなかったはずだ。

「小林」さんは突然立ち上がると、深呼吸をした。「小林」さんの番になってからすでに十五分が経過していた。

「夫は鬱になり会社を辞め、一日中家にいるようになりました。仕事一筋だった夫は、きっと私に後ろめたい気持ちがあったんでしょうね。何とか自分の役割を見つけ出そうと、慣れない家事を手伝ったりしてくれました」

やっと「小林」さんが話してくれた。みんな口を挟まないよう静かに「小林」さんの次の言葉を待った。だが、そんな空気を読めない米山さんは椅子をお尻にくっつけたまま、よっこらしょと「小林」さんに近づいた。そして、持っていたタッパーの蓋を開けた。

「うちで漬けたきゅうり」

今日は一段とぬかの臭いがきつい気がする。

「男って弱いから。でも、あなたがしっかりしてたんでしょ?」

「米山さん、今は小林さんが話していますから」武富君が顔をしかめながら注意した。

「ああっ、ごめん。ごめんね、小林さん」

米山さんはきゅうりを引っ込めると、水をグビグビと飲み干した。次は米山さんの番だから相当緊張しているはずだ。水を常に飲み続けているのは大量に汗をかいているからだ。もともと汗っかきじゃなかったんだけどね、とさつきに話してくれたことがあった。米山さんには悪気はない。相手の話をつい我が事に置き換えてしまい、話の腰を折ってしまう。米山さんにしてみれば相手に寄り添っているつもりなのだが、緊張の余りつい空回りしてしまう。話が二歩も三歩も先回りしてしまう。だから、誤解されやすい。

「どこまで話しましたっけ？　……ああ、そうだ。最後の日の朝、最後の日の朝です。台所で夫が鍋を洗っていたんですよ。私その日、最終面談だったんですよ、新しい仕事先の。夫の動きが、鍋を洗う動きが物凄くノロノロしてて。鍋をよく見ると全然落ちてないんですよ。カレーがこびりついてて。『洗わなくていいよ』って私が言ったら、夫は『これぐらいできる』って、妙に拗ねた感じで言い返してきて。私はその時急いでて、イラっとして。『だってカレーついてるじゃん！』って思わず強く言ってしまったんです。面談が終わってすぐに採用の連絡があったんです。私嬉しくて。私いい奥さんだって。まさか夫が……」

「死ぬなんてねー、こんないい奥さん残して」

米山さんの合いの手を「小林」さんは完全に無視した。

「夕方に息子から電話があって……いえ、息子の学校の先生から電話があって、『お父さんが亡くなったようです』って。家に帰ったら救急隊員の方が来ていて……第一発見者が息子で。台所にはピカピカな鍋が置いてあって……最近息子が聞くんです。お父さんの自殺って僕に遺伝するの？　って。私が働いたりしないで、みんなでうちの実家にでも引っ越せばよかったんです。実家の食堂を手伝って海でも見ながらのんびり過ごして。夫のそばにいてあげれば……私、失敗しちゃったんです。失敗しちゃったんです！」

「小林」さんの感情のダムが決壊した。血涙が出てきそうなほど目が血走っていた。「小林」さんは何度も何度も、私失敗しちゃったんです、と喚いた。

これほど私たちにふさわしい言葉はないだろうな、とさつきは妙に納得した。そう、私もあの時、失敗したのだ。娘が死ぬことを防げなかった。人生に失敗した。だから、ここにいる。さつきは「小林」さんにつられて目頭が熱くなってきた。武富君がわざとらしくハンカチで目頭を押さえていた。アンタに何がわかるのだ、と一瞬叱り飛ばしたくなった。

すると、いきなり米山さんが立ち上がった。そして、「小林」さんをガシッと正面から抱きしめた。大柄な米山さんが小柄な「小林」さんを抱きしめると、「小林」さんの姿がほとんど見えなくなった。

「失敗なんかじゃない！　あなたは学んだの！　まだ若いんだし再婚でも何でもすればいいのよっ」

うわー違うんですっ、失敗なんです、失敗しちゃったんです！　と「小林」さんは米山さんの腕の中で暴れた。腕をブンブン振り回し、ラッコで米山さんの背中をバンバン叩いていた。

「すいません、パスでいいですか」

「鈴木」さんは先月と同じ台詞を発した。それがもうお決まりの合図のように武富君が休憩を入れた。「小林」さんの語りが壮絶だったので、みんな我先にとお茶コーナーやトイレに向かった。「小林」さんは涙も枯れ果てたのか、じっとその場で俯《うつむ》いていた。

「鈴木」さんは相変わらず誰にも声をかけてもらいたくない雰囲気を醸し出している。だったら何でここに来るのだろうか。もうかれこれ三回は来ているが、「鈴木」さんは一度も自分の話をしない。だが、さつきもかつてそうだったことを思い出した。私と同じでどこにも居場所がなくてここに来ているのかもしれない。

米山さんは椅子をお尻につけたまま歩いてきて、よっこらしょっと「鈴木」さんの隣に座った。米山さんは大きな紙袋から、鮮やかな色をした冊子を取り出した。

「出発はケネディ宇宙センターなの」

「はい?」

「鈴木さんのところ、お墓困ってるんでしょ?」

冊子には『宇宙葬』という文字と銀河系を横切るロケットの写真が見えた。今度はロケットに遺骨を積んで飛ばすというのか。しかし、毎度毎度よく見つけてくるものだ。さすがに今日は私が止めないと。「鈴木」さんは明らかに困っている。

「あのうちは別に……」

「五人集まれば安くツアーが組めるのよ。行こう、本当の天国」

「いい加減にしてよ！」

物凄い怒声だった。みんながお茶菓子を食べるのを一斉にやめた。さつきが声をした方を見ると、「小林」さんが立ち上がって肩で息をしていた。目は真っ赤に染まり、般若のような顔つきになっていた。


もう「小林」さんはここに来ることはないだろう。日が暮れて室内が薄暗くなり、米山さんのショッキングピンクのスーツが焦げ茶色に染まっていた。米山さんは誰も手をつけなかった赤飯のおにぎりを紙袋にしまった。そして、「鈴木」さんにウサギの形に切ったりんごをタッパーごと渡していた。いいのいいの、一人じゃ食べきれないし。ご家族で食べて。ごめんね、勧誘したつもりじゃないのよ。うちもね、本家のお墓断られてさ、「鈴木」さんの家も大変なんじゃないかなって思ったから。うちは電車に轢《ひ》かれてバラバラだったから骨なんてほんのちょっとしか残ってないんだけどね。それにダイヤにもしちゃったし、あはははは。でもね、あの人ほら派手好きだったから、何かパーッとしてあげたいってずっと思ってて。ツアーだと単価が安くなるし。あ、ごめん、ごめんね。もう帰るよね。タッパーね、今度持って来てくれればいいから。米山さんは両脇に荷物を抱え会場を出て行った。

武富君が窓から表の道路を見下ろしていた。何を見ているのかとさつきも覗き込むと、ビルから出てきた米山さんがタクシーを捕まえていた。武富君がチッと舌打ちをした。

おいしいもつ鍋のお店があるけどどう、と誘うと意外にもあっさり付いてきた。あたしお金あんまりないですけど、と「鈴木」さんは遠慮がちに言った。おごるわよ、学生さんでしょ？　「鈴木」さんは特に否定しなかった。俺も二十五ですけど学生なんですよね、と武富君が絡んできた。「割り勘」と、さつきは突っぱねた。鈴木さんは本名らしく、富美という名前だった。ここだけは富美ちゃんって呼んでいい？　と聞く。はい、と富美ちゃんは笑った。笑うとかわいい。声も高くて女の子っぽい。レモンサワーを半分飲むと頬が少し赤くなった。弥生が生きていればこのぐらいの年だ。

さつきは誰かと飲みたい気分だった。先週、義母が仏壇の前で孫をせがんできた。さつきのせいで弥生は死んだと言ったくせに。その時、夫は義母の隣でただ黙ってやり過ごしていた。真剣に離婚を考えた。

武富君は回を重ねるごとに遺族との距離が摑めるようになってきた気がする。武富君は自死遺族ではない。『グリーフケアサポートセンター』のような会は通常遺族だけで成り立っていることが多い。それは自死遺族が他人に事情を知られることを極端に恐れるからだ。しかし同じ境遇の人ばかりだと、どうしても暗い雰囲気になり、会のルールも曖昧になる。武富君がこの会にいることは、決して悪いことではない。だが、だ。

「……さんのこと。さつきさんどう思いますか？」

え、誰のこと？　店があまりにも賑やかだったので、さつきは大声を出した。武富君は酔っているのか、負けまいと大声で返した。

「ボランティアの俺が言うのも何ですけど、米山さんって他の会にも行ってるんですよ」

「ダメなの？」

「ダメじゃないですけど。ここのみなさんと温度差があるっていうか。冷やかし半分で参加してるんじゃないかって」

武富君はさつきの顔色を窺った。この先を話そうか、空気を読んでいる。今の子の特徴だ。しかも、その表情には承認欲求も含まれている。言いたいことがあるならさっさと言えばいいのに。さつきは続けるように促した。

「米山さんの旦那さん、有名な建築家だったんですよね。遺産だって相当あったみたいだし。傷はみなさんより小さいと思うんです。いつもタクシーで来るし。お金に余裕があるから気持ちに余裕があるのかなって」

失望した。この子はやっぱり何もわかっていない。高学歴と若さと時間を持て余してここにいるだけだ。さつきはビールを飲み干すと、おかわり、と店員に告げた。富美ちゃん、お腹空いてないの。もつ鍋がおいしいんだよ、ここ。頼もうか？「はい、いいですねもつ鍋」さつきは二杯目のビールを受け取ると、ぐいと飲んだ。さっきまで米山さんに批判的だったのに、今は武富君を許せない気持ちでいっぱいになっている。本当は個人の事情は他人に言ってはいけないルールだ。でも、この私たちの行き場のない気持ちを、彼にわからせなければ気が済まなかった。さつきは自分でもこれ以上ないぐらい冷えた声になった。

「米山さんは巻き添えになった遺族に慰謝料払うのに、家も会社も全部売ったんだよ。今は介護の仕事しながらアパートで一人暮らししてる。電車はね、もう乗れないんだって。旦那さんが飛び込んでから、電車に乗るのが怖いって。余裕なんてね、これっぽっちもないよ」

武富君があっ、と子供が失敗したかのような声を出した。おしぼりを手に取ると、その軽薄な口元を拭った。

「さつきさん、ごめんなさい」

彼は何も悪くない。無知なだけだ。だが、だ。

米山さんは人間の形をしていない遺体を一人で受け取りに行った。いつも漫談のように話しているが、その話には余白があるのを知るべきだ。はい、もつ鍋三人前お待たせしました、と店員がどんと大ぶりの鍋を置いた。すがるような武富君の目を無視して、鍋奉行は私がやるねと、さつきは菜箸とお玉を手に取った。武富君はもう一度ごめんなさい、と言った。

母　悠子

悠子は浩一に冷凍オムレツを送ろうと、猫のマークの宅配会社に集荷の電話をした。

「アメリカとアメリカを経由する中南米とカナダには食品は送れないんです」と言われた。

何で？　この間は送れたのよ、と悠子はつっかかるが、当社では対応しかねます、と言われた。

　おかしい。この間、博は同じ宅配会社で浩一に荷物を送ったはずだ。博は一体どうやってオムレツを運んだのだろうか。もしかして違法に密輸したのだろうか。博ならありえる。あの子はあたしの前では言わないが、海外で合法なドラッグを体験したことを浩一に得意げに話していた。まさか赤エビと言いながらドラッグに手を染めていないだろうか。オムレツの中にドラッグを隠して密輸などしていないだろうか。

　それにしても、二ヶ月以上私が家にいないだけでこんなに埃がたまるものだろうか。幸男は炊事と洗濯ぐらいはできるようになったが、掃除に関してはお粗末なものだ。風呂場なんてカビだらけになっていた。富美も少しは掃除してくれればいいのに、と思う。幸男と悠子の寝室は、まだ肌寒いというのに幸男の汗ばんだ加齢臭がした。窓を開けた。爽やかな風が加齢臭を追い出していく。掃除機をかけ、埃を一掃した。

　駅前のクリーニング店がセール中に、幸男の冬物をさっさと出してしまおう。このコートもそろそろ新しいものに買い替えて欲しい。首元の黒ずんだ汗染みはクリーニング店のシミ抜きでも落ちないかもしれない。ポケットの中身を出す。小銭が少しと『スーパーキャバクラ　大宮竜宮御殿』の広告が入ったティッシュが出てきた。逆のポケットを探ると、今度はもっと卑猥な紙切れが出てきた。下着姿の女の子が二本指で目を覆いながら写っている。『大宮ソープランド　もんぶらん　リピーター割引券』

ソープランドは聞いたことがあるが具体的には何をするところなのだろう？　直訳すると石鹸の土地、いや、国か。これはいやらしいところに違いない。リピーター割引券ということは少なくとも一回以上は石鹸の国を訪れていないともらえないはずだ。結婚する前もした後も幸男に女の影など一切なかった。あたしが意識不明だったのをいいことに、はるばる大宮まで行って羽を伸ばしてきたというのか。一度でも幸男を優しいと思った自分が馬鹿だった。

「放っておけ、男なんて」

浩一のことを相談すると大抵こう言い返された。それが父親の言う言葉かと心底がっかりした。あのまま放っておいたら浩一はどうなったと思ってるの。五十代の引きこもりが八十代の親の年金で暮らしている８０５０問題を知らないのかしら。子供を社会に送り出してこそ、親の責務は完了するのだ。

悠子はふと、思った。そう言えば最近、幸男と博はやたら仲がいい。もしかしたら二人はあたしが意識不明の間、ソープランドに通いつめていたのではないだろうか。博は看病に疲れ果てた幸男を甘い言葉で誘った。しかも、博のことだ。幸男に毎度金を出させていた可能性もある。リピーター割引券を店員から嬉々として受け取る、卑しい幸男の顔が悠子の脳裏に浮かびあがった。

父　幸男

君子が新幹線を一本乗り遅れたので、その間に幸男は全日本特殊浴場協会連合会に電話をかけてみた。直接もんぶらんに電話をするよりは、連合会という上位組織から口をきいてもらった方が話が早いのではという会社員的な発想だった。だが電話に出た男には、そういう個人的な事情への介入は一切していません、と無下に断られた。男は幸男の名前を聞いてきたので、慌てて電話を切ってしまった。

見晴らしがいいところだ。先ほどの電話のやりとりのイライラが一気に霧散した。桜の木の向こうに抜けるような青い空が見えた。まるで外国映画に出てくる墓地のようだ。日本の寺の墓石は背が高くて遮蔽物が多く、余白がない。そのため姿勢を正さなければいけない気持ちになる。しかし、この無宗教の霊園は墓石が低い。風景と墓石が一体となって清涼感さえある。

君子はブルーのスーツにつばの広い黄色い帽子をかぶって霊園に現れた。最近、名古屋のローカル局のバラエティ番組にも出演するようになり、すっかり芸能人気取りだ。

「いいところでしょ。ここなら社割が30パーきく。この辺に建てればどう？」

君子の会社が買収した霊園は思いのほか良かった。割引もしてくれる。何より家から三十分かからないことは大きい。直通のバス一本で来られるし、ここなら悠子も墓参りがしやすい。

「でも、いきなり墓見せたらショック受けんかなぁ」

君子は先に墓を造ってしまって、浩一の死因は事後報告でいいのでは、と乱暴なことを言ってくる。もともと嘘をつくのが苦手な幸男は、嘘を続けるのがしんどくなってきた。だが、君子の提案にもそうやすやすとは乗れない。

「富美と兄貴は十分苦しんだがね。ちゃんと話ししやー悠子さんわかってくれるて。嘘もええ加減にしやー。地獄に落ちるて」

地獄か、すでにここは地獄ではないのか。ここより下に落ちるところなんかない気がした。

国道沿いのビバホームでダンロップの野球帽と黒縁メガネを買った。ジョギング用のジャージで上下を固める。中にはチェ・ゲバラのTシャツを着た。これで、原宿あたりで遊んでいそうな肉体労働者に見えるだろう。自分でも見事な変装だと思った。

相変わらずここの自動ドアは開くスピードが遅い。センサーが壊れているのではないだろうか。店員の鷲田がいらっしゃいませー、と威勢のいい声で迎えた。写真指名をお願いしたい、と言うと鷲田は女の子の写真を五枚並べた。イヴちゃんが出勤しているかは事前に電話で確認済みだ。右から二番目にイヴちゃんはいた。自慢のFカップをこれでもかと寄せている。部屋に入ったら、即イヴちゃんにノーセックスと公言し、店外デートを申し込む。静かな喫茶店で浩一との関係性を問い質すのだ。

「うむ。この子をお願いしたい」幸男はさも初めて店に来たかのように写真を指差した。

「イヴちゃんですね?」

幸男がうなずいた。鷲田は俯いたままありがとうございますと言って、幸男を見た。そして、マジで~と言いながらゲラゲラ笑い出した。次の瞬間、背後からジャージの襟が摑まれ、自動ドアに叩きつけられた。ブイイイインと自動ドアがゆっくりと開く。幸男は自動ドアのノロさに油断して受け身を取れず、そのまま顔面から地面に倒れ込んだ。

「ナメてんのか！　バレバレの変装しやがって」

店長の佐古が幸男の前で仁王立ちして見下ろしていた。

「イヴちゃんと話をさせてくれ。話すだけでいいんだ」

佐古が足を振り上げるのが見えた。反射的に頭をかばった。だが何も衝撃がこない。幸男が見上げると、サーカスの象のように片足を上げたまま見下ろしていた。財布からイヴちゃんの名刺を出した。聞いてくれ、実は息子の浩一が以前イヴちゃんと交際していた。見てくれ、この名刺を。な、確かにイヴちゃんだろ。この通り交際していたという確かな証拠もある。どうしても彼女と話したいんだ、と名刺を片手にまくし立てた。幸男の手からスルッと名刺が抜かれた。

「あのさあ、この名刺二年前のデザインなのね。うちにいるイヴちゃんは二ヶ月前に入ってきたの。あの店にも、そこの店にもイヴって女はいるの。イヴって女はどこにだっているんだよっ！」

風俗初心者の幸男は佐古が言っている意味がやっとわかった。佐古が指差した通りには、何軒もソープランドの看板が見えた。闇に浮かぶネオンは底なしの闇の海を泳ぐ魚のように見えた。海には、同じ名前の魚がたくさんいるのだ。

博おじさんは母の料理を目の当たりにして驚いていた。いや、恐怖に染まっていた。心配そうにチラチラと富美に視線を送ってきた。額には脂汗が滲んでいる。母は薬味を一通り置くと超特大盛りのソーメンをどん、と大きな音を立ててテーブルの真ん中に置いた。ソーメンは我が家で一番大きい土鍋に山盛りで入っていた。軽く二十人前はあるのではないだろうか。相撲部屋で出すような量だ。アルゼンチンから帰国したばかりの博おじさんが和食を食べたいとでも言ったのだろうか？　まだ肌寒い季節に氷で冷やしたソーメンを出す母の真意を富美ははかりかねた。

富美は平静を装い、いただきますと言った。母は何を怒っているのだろうか？　嘘がバレたのだろうか？　心当たりはなかった。博おじさんは母の圧迫感と沈黙に耐えられず、ズズズズズズズと、大きな音を立ててソーメンをすすっていた。

「博、嘘ついたでしょ？」

博おじさんの口の中のソーメンが飛沫となり、横に座っていた富美の顔面に飛んできた。ツンと青ネギと生姜の混ざった香りがした。富美は平静を装いティッシュで顔を拭った。

「宅配会社に電話したら、食べ物はアルゼンチンには送れないって言われた。あたしが作ったオムレツはどこの国に行ったの？」

食べ物が宅配便で送れないとは、迂闊だった。手紙に集中して宅配便のことはすっかり抜け落ちていた。明白な証拠で、ぐうの音も出なかった。

富美が横目で見ると、博おじさんの箸を持つ手がガクガク震えていた。青ネギを口の端につけながら顔色も真っ青だった。この姉に子供の頃から雷を落とされ続けていた弟は、その恐怖が嫌という程刷り込まれている。博おじさんの顔は泣き腫らした三歳児のように赤面していた。会社経由で運んだって言えば何にも問題ないよ、と富美は何度も頭の中で念じた。だが、富美も博おじさんも超能力者ではない。博おじさんは酸欠状態であるかのように息苦しそうだった。オムレツはぁ、オムレツはぁ、と腹の底から声を絞り出していた。

「オムレツは、俺が食ったっ！」

母は鳩が豆鉄砲を食らったように目を丸くした。

「え!?　何よ、それ」

「ごめんー！　姉ちゃんが浩一にオムレツ届けるの嬉しそうだったから。俺、無理だなんて言えなくてさー」

「……何だ。もー変な気遣わないでよ」

「でもね、よもぎ餅はトランクの奥に隠して渡したから」

「本当?」

「うん。浩一美味しかったって」

「そう、じゃあよかった」

鬼女のような形相だった母の顔から、みるみると角が引っ込み、邪気が抜けていくのがわかった。

博おじさんの口調がやや緊張していたのは否めない。だが、博おじさんのキャラにふさわしく母への優しさに溢れた嘘だった。富美はお母さんよかったね、と一言添えるとソーメンをお椀に入れた。富美と博は仕事を完璧に終えた銀行強盗のようにテキーラで祝杯をあげる代わりに、ソーメンを同時にすすった。

「ねえ、博」

「ん、何?」

「ソープランドって何するところ?」

ブハッ、富美と博はソーメンを同時に吐いた。テーブルの上が細切れのソーメンだらけになった。博おじさんのみならず富美までソーメンを吐き出したので、母はケタケタと笑っていた。

つまるところ、母は父がソープランドに通っていることの尻尾を摑んだ。まずは、博おじさんの小さな嘘を探りつつ、ソープランドの件を問い質した。完全に母の方が一枚も二枚も上手だった。しかし、父も脇が甘い。財布の中に名刺とかサービス券とかを残していたに違いない。そういえば、あの時の二万円をまだ父に返してもらってない。

富美がふと顔を上げると、母がまっすぐに富美を見つめていた。富美は一瞬目が泳いでしまった。時々感じる、心の奥まで見透かされるような視線は昔から苦手だった。


『誕生日おめでとう　浩一』のチョコプレートがロウソクの熱で無様《ぶざま》に溶けていた。砂糖の焦げた匂いがした。生クリームも粘り気がなくなり、ケーキの見栄えは最悪だった。富美はお気に入りのセーターが甘ったるい匂いに染まるのが我慢できなかった。

「ほら、富美も歌いなさい」と言われたが、富美は絶対に歌いたくなかった。ロウソクの長さはもう一センチ程度になっていた。早く消えてしまえと思った。そうすれば、母は歌うのをやめる。

「ハッピーバースデートゥーユー　ハッピーバースデートゥーユー」

母がまた歌い始めた。もうこれで七回目だ。ねえ、お母さんやめてよ、ねえ、やめてって。母は無邪気にまっすぐ富美の方を見て歌っている。その無垢な目が富美は嫌いだった。

「ハッピーバースデーディアー浩一ー　ハッピーバースデートゥーユー」


やめてっ！

目の前にぼんやりと青白い炎が見えた。

体を起こすと、椅子のバネがたわむ音がした。椅子から転げ落ちそうになった。富美は慌てて体勢を立て直した。

富美はいつの間にか、勉強机に突っ伏して寝ていた。目の前のパソコンの画面を見ると兄の手紙を書いている途中だった。脇に置いてあったペットボトルの水を一気に飲み干した。

今、目の前で起こったかのような生々しい夢だった。兄の誕生日の夢を見るというのは決していい気分ではない。誕生日は生きている者のためのお祝いなのに、まるで死者を蘇らせる儀式を見たような錯覚に陥る。夢はいつも同じところで終わり、目を覚ます。それなのに、富美はあの日のことをあまり覚えていない。

兄の最期を目撃した富美にとって死は身近なことで、リアルだった。富美が普段通り生活するには兄の記憶の回路を断ち切り、そこに蓋をすることが必要だった。だが、夢の中は無意識なので不可抗力だった。一度繫がってしまうと逃れる術はない。

富美が作り出した兄は母の中だけに存在している。その兄は母に希望を与え、母が人生をやり直すことさえ可能にした。

母のために嘘をついた。だが、本当に母のためだったのだろうか？

あたしは何のためにグリーフケアに行っているのだろうか？

それは秘密の場所が欲しいから。秘密——

頭の片隅には何か小さな異物が残っているような気がした。兄の記憶の一切合切をパソコンのデータみたいにゴミ箱に全部捨てられたらいいのに。ああ、イラつく、全然眠れない。明日こんな気分で演技をしたら絶対監督に怒られる。今日は手紙をやめて、眠りにつこう。富美はパソコンを閉じた。


案の定、富美は山下監督に呼び出された。研究室のソファに富美を座らせると、監督はカフェオレを出してくれた。何か悩みでもあるの、といきなり聞かれた。だが、監督の声はとても穏やかだった。富美を見つめる眼差しは優しく、心底富美のことを心配してくれているようだ。心の内に監督がじんわりと浸透してきた。富美はいっそ兄のことを話してしまおうかと思った。だが、井原先輩の顔がよぎり、富美は何もありません、と答えた。

監督は首をかしげ、そう、と言ってカフェオレを一口飲んだ。

「新体操という競技は、あなたの心を演技で表現しなければなりません。少し疲れているんじゃないかな。今日は帰ってゆっくり休んで下さい」

今日は全然ミスをしていないつもりだった。だが、単にミスをしていないだけだった。集中できていないことは富美も頭の片隅でわかっていた。

気分転換にもなるかと思って久しぶりに家で料理をした。だが、肉じゃがの味付けが甘すぎると母に指摘された。母は調味料を足し、富美の味を修正した。今日は監督と母に全否定された気分になり、全く気分転換にならなかった。

富美が食器を洗っていると、背後のテーブルで母が兄に手紙を書いていた。時々、笑い声が背中に聞こえてきた。富美は母だけに存在する甘い時間に苛立ちを感じた。

「浩一、誕生日には日本に帰ってくるのかしらね?」

「帰って来ないでしょ」

富美は母の方を振り向きもせず、食器を洗い続けた。兄が不登校になってから、富美には家族の団欒《だんらん》という記憶が一切ない。家族四人で食事をしたのは小学校二年生までだった。お祝い事も家族で旅行に行ったことさえもない。全て兄のせいだ。話を打ち切りたくて、敢えて音を立てて洗った。

「あ、そうだ。みんなで突然アルゼンチンに行くっていうのはどう？　びっくりするだろうね、浩一」

「そうだね、びっくりするね」

「富美も浩一に何か書いたらどう？」

母はまるで片思いの相手に文通を勧めるかのような弾んだ口調で富美に提案してきた。ウザい。母が殊更にウザいのはこれが冗談ではないからだ。富美の心はどんどん冷ややかになっていった。

あたしは純粋な少女のように振る舞う母を許せなかった。何も知らずに毎日のほほんと暮らしている母に、自分と同じ傷痕をつけてやりたい衝動に駆られた。ああダメだ、今日の気分は最悪だ。いつものように母を偽れる気がしない。背中を向けているから、あたしの辛辣な態度に母は気づいていないのか。

母はテーブルから立ち上がるとシンクの中を覗き込んだ。何これ、富美全然落ちてないじゃない、と母は呟いた。母は富美から皿を取り上げるとスポンジに洗剤をつけ洗い始めた。そして、諌めるような口調で言った。

「まだ気にしてるの？　浩一と喧嘩したこと」

富美はやっと母の真意に気づいた。母はあたしが兄と仲違いしていることをずっと気にしていたのだ。

以前、兄の誕生会をした。富美はケーキを買ってリビングで母と待っていた。だが、兄は部屋から一歩も出てこなかった。母はそんなこともお構いなしに兄不在のままハッピーバースデートゥーユーを歌った。何度歌っても、兄は部屋から出てこなかった。それ以来、富美は兄を無視するようになった。

「あっ、ごめんなさいって手紙で書けば」

「何であたしがお兄ちゃんに謝らなきゃいけないのよ。あたしはお兄ちゃんがお母さんに甘えてたから」

「お母さんはさ、お兄ちゃんが部屋から出てくるって本当に信じてたの？」

「辛抱強く待って信じてあげないと」

「うん」

「何かイタいんだけど」

「親は子供を信じるものなの」

「あたしが引きこもっても同じことしてくれた？」

「もちろん」

「嘘だ」

「何で？　嘘なんて言わないよ」

一方的に兄の肩を持つ母の態度に心底、呆れた。どれだけ兄のことが好きなのだ。これではさっきから富美が兄に一方的に嫉妬しているみたいではないか。

「そろそろ仲直りしなさい。たった一人のお兄ちゃんなんだから。直接話すより手紙の方が気楽でしょ？」

富美は母の言葉に返事をせず、台所を出て行こうとした。

「何でかねー。昔はあんなに仲がよかったのに」

母の言葉が痛いほど背中に突き刺さった。

富美は兄と和解ができないまま、別れた。謂れのない罪悪感が胸の中にじんわりと湧いてきた。

「いつまで嫌ってるの？」

「……別に嫌ってないって」

「嫌ってます」

「嫌ってないって！」

大声を出していた。心の奥底に横たわっている得体の知れない何かを母に見透かされた気がした。その何かの正体は富美にさえわからなかった。触れてはいけない気がした。見てはいけない気がした。富美の背を、まだ母がじっと見つめているのを感じた。

突然、しゃっくりをするような音が聞こえた。

最初は母がしたものだと思っていた。だが、富美は突如息苦しさを感じ、咳払いをした。

息が気道から出てこなかった。

喉の奥が詰まったような感覚になり、ヒューヒューと奇妙な音が聞こえてきた。

富美、大丈夫？　と母が富美に近づいてきた。

来ないで——

だが、喋ることもできなくなっていた。あまりにも苦しくて、膝から床にしゃがみこんだ。「富美息を吐いて、吐いて！」と言って、母は必死にあたしの背中をさすった。母は優しくさすってくれているのに、呼吸はどんどん苦しくなっていった。

　富美は母が恐ろしかった。

母のその手は、富美を責めているような気がした。富美の胸の内に手を入れ、底に横たわっている、その何かの正体を暴こうとしているように感じた。

母　悠子

富美の容態が落ち着いたので、ベッドに寝かしつけた。すまない気持ちでいっぱいになった。

やはり、誕生会の日に二人の間に何かあったのではないだろうか。だが、あれはもう二年も前のことだ。

悠子はケーキを買って誘えば、浩一は顔ぐらい出すかと思った。お祝い事には人の心を柔らかくする効果がある。だが、何度ハッピーバースデートゥーユーを歌っても、浩一は部屋から出て来ることはなかった。

全く反応しない浩一に、富美はキレた。物凄い形相でリビングを出て行くと二階で戸を激しく叩く音が聞こえた。富美の怒鳴り声が聞こえた。悠子は驚いて二階に上がった。富美は浩一の部屋から出て、自分の部屋に入って行くところだった。二人が何を言い合ったか悠子は今も知らない。

それ以来、富美と浩一は一切話さなくなった。もしかしたら浩一が富美に何かひどいことを言ったのかもしれない。一方的に富美を悪いと決めつけたのは良くなかった。

一人でビールを飲んでいると、帰宅した幸男が台所に顔を出した。ちょうど富美を寝かしつけた後に帰ってきた。相変わらず、間が悪い。悠子はじっと幸男の顔を見た。幸男は視線に気づくと、すっと目をそらし、黙って冷蔵庫を開けた。幸男からアルコールの臭いが微かにした。扉の陰になって幸男の表情は窺えないが、背中が緊張しているのがわかった。まさか大宮のソープランドへ行ってきたのでは。

悠子は幸男と話したい気分ではなかった。だが、悠子が病院にいる間、浩一と富美と一緒にいたのは幸男だ。もしかしたら最近の富美の様子に何か気づいているかもしれない。

悠子は簡単なつまみを作り、幸男を座らせた。富美の過呼吸のことを伝えると幸男は考え込むような顔をした。

「富美、ここ最近浩一のことで悩んでるみたい。鬱っぽいのかも」

幸男はさっきまでの態度をなぜか急激に翻した。ふん、と小馬鹿にしたように鼻で笑うと、悠子から目をそらした。

「大袈裟だろ」

「大袈裟じゃないわよ。前に二人は物凄い喧嘩になったのよ。富美が大声で怒鳴って。すごかったんだから」

「そんなことがあったのか?」

「そうよ」

「そうよ、って。お前、何で俺に何も言わないんだ」

悠子は脱力するほど失望した。浩一が引きこもったのも二人が今も仲違いしているのも、さも悠子のせいであるかのような言い草だった。何かあればいつも話したではないか。それなのに、幸男は浩一と対話をする努力もせず、見て見ぬ振りをしてやり過ごした。だから、あたしはこの人に相談するのを一切やめたのだ。

「あなたは浩一が引きこもった時、放っておけって。話も聞いてくれなかったじゃない。全部あたしに押し付けて」

「俺は放っておけなんて言ってない」

「言いました。男なんて放っておけばいいって。忘れたの？」

「俺はあいつのことを放ってなんかいない！」

怒鳴った。何て気の弱い男なのだろう。だけど、悠子はちっとも怖くなかった。この人が守っているのは自尊心に過ぎない。そんなもの何の役にも立たないことを教えてやる。

「じゃあ聞くけど。博が浩一に声かけなかったら、この家はどうなってたのかしら？」

今までの恨みを存分に込めて言った。最後にため息もついてやった。幸男の顔から自尊心がみるみる後退するのを感じた。悠子は幸男の目をしかと見た。あたしが浩一を信じたから彼はアルゼンチンへ旅立った。悠子はその態度だけは絶対に崩さなかった。

今、すぐに謝れば許してやろうと思った。だが、幸男は何か言いたそうにグッと堪えていた。あたしへの怒りを堪えているというのか？　意地を張ろうというのか？　悠子は、胸の内ではほのかに残っていた愛情の湿り気が、怒りの炎で乾いていくのを感じた。悠子は沈黙を守り続ける幸男を見限った。

シンクの前に向かうと、富美が洗い残した食器をスポンジでこすった。あたしがやればしっかりと汚れは落ちる。あたしがこの家をきれいに保ち続ける。どんなにダメな父親でも、子供のことだけはあたしが守る。それが母親だ。

父　幸男

段ボール箱にソンブレロを放り込んだ。幸男は急激に今までの苦労が全て無意味なものに思えてきた。所詮、焼け石に水だったのだ。このアルゼンチンかぶれの部屋などその場しのぎにすぎないのだ。

俺を無能扱いした悠子が許せなかった。放っておけ、だと。俺はそっとしておけ、と言ったんだ。俺は責任放棄なんかしていない。男は一人で考え、結論を出したい生き物なんだ。母親から何でもいいから仕事をしなさいと言われたら立つ瀬がない。一生懸命仕事をし、家庭を作って子供を育てる。言われなくとも、わかっている。わかっているからこそ、不甲斐ない自分に落ち込むのだ。それを会話だ、気持ちだと茶々を入れられたら、うまくいくものもいかなくなると思ったのだ。さも悠子が浩一のことを一番心配していたかのような発言に我慢ならなかった。

真実を全て悠子に告白してしまいたかった。何とか踏みとどまったが、傷つけられた自尊心は子供染みた破壊衝動と化していた。丸椅子に乗っかり、天井の馬鹿でかいオベリスクのポスターを剥がそうとした、手が届かない。博君が椅子の上で背伸びして貼っていたのを思い出した。幸男は丸椅子の上で小さくジャンプした。指先を画鋲がかすり、床にコロコロと転がった。

「何してるの?」

幸男は浩一の部屋の戸を開けっ放しにして作業をしていた。最初、その冷めた声が悠子かと思った。だが、廊下に立っていたのは富美だった。

「……戻す、全部元に」

「お母さんは？」

幸男は富美の質問に答えなかった。丸椅子から跳び上がり、オベリスクのポスターを破り取った。横には犬の写真が貼られていた。何がカムバックだ。浩一はもう戻ってこない。幸男は丸椅子から音を立てて床に飛び降りた。段ボール箱にポスターを乱暴に投げ入れた。富美は悠子に聞こえるのではないかと階下を気にしている。そうだ、俺はあいつに聞こえるようにやっている。だが、富美は中に入ろうとはせず、棒のように突っ立ったままだった。目に表情はなく、唇を結んでいた。そういえば飾り付けの時、富美は手伝おうとしなかった。富美と浩一はここ数年不仲だった、と悠子は言っていた。だから、この部屋に入りたくないのか。浩一が死んでも、尚そんなくだらない態度を貫き通そうとしているのか。あいつは家族だ。お前にとってはたった一人の兄だ。思慕の念が湧かないのか。娘の間違った考えをここで正してやろうと思った。

幸男は浩一の机の奥に隠していた白い封筒を取り出した。入り口の前まで行き、押し付けるように富美に封筒を渡した。

「何？」

「生命保険」

富美の表情が急に息を吹き返したようになった。

「あいつ、国道沿いの冷蔵庫の工場で少しの間働いてたろ。その時、申し込んでたらしい。富美に一千万」

富美がやっと浩一の部屋の敷居をまたいだ。幸男を睨むと、ため息をつき後ろ手に引き戸を閉めた。富美の態度は、まるで出来の悪い生徒をこれから叱りつけようとする教師のように尊大だった。頭にきた。何で女はこうなのだ。だが、幸男はぐっと堪えた。富美はさっき過呼吸で倒れたばかりなのだ。悠子と喧嘩したせいですっかり気が短くなっていた。

富美が書類に目を落としていた。イヴちゃんの名刺が貼り付けてあるところにも目を通しているのがわかった。幸男は徐々に冷静さを取り戻してきていた。先ほど、悠子に浩一が死んだのは幸男のせいだ、と言われた気がして気が動転してしまった。悠子は何も知らないのだ。まずは富美と二人でちゃんと話すべきだ。富美は書類を全て、白い封筒に戻した。

「自殺でも保険金ってもらえるの？」

「ああ、二年経っていればな」

同封してあった約款にそう書いてあった。契約して二年経過すれば自殺でも保険金が受け取れることを、幸男は初めて知った。

「お父さん、大宮までこの人に会いに行ってたの？」

「ああ。お母さんに全部話そう」

「やめてよ。あたし、これいらない」

富美は生ゴミを捨てるように白い封筒を床にほおった。幸男は封筒を拾い上げた。そして、もう一度、富美に封筒を掲げた。

「これは、浩一のお前に対する想いなんだぞ」

「違うよ、お兄ちゃんの命の値段だよ」

まるで死神のような口調だった。富美は子犬を蹴飛ばすかのように、父親の言葉を一蹴した。

「お父さんさ、よくお兄ちゃんの部屋に入れるよね？　……ああ、そっか。お父さんは見てないもんね？　お兄ちゃんの最期」

能面のような表情をした富美が口角を上げた。

笑っていた――

見たこともない無情な女の顔だった。そして、その女は幸男の背後を指差した。

「そこだよ、そこ。そこでお兄ちゃん死んでたんだよ」

全身が一瞬で凍りついた。瞬時にあの日に引き戻された。今、振り向けば押入れの前に浩一がぶら下がっていそうだった。

「私は思い出すんだよ、毎日毎日毎日」

富美は苦渋に満ちた声を出していた。

俺はなぜこんな簡単なことに気づいてやれなかったのだろうか。富美が部屋の飾り付けを手伝わなかったのも、部屋に足を踏み入れようとしなかったのも、日々の帰りが遅いのも、あの日のことを思い出したくないからだ。なのに、俺は狡猾な罠を仕掛けて、富美を浩一の部屋に誘い込んだのだ。

富美は幸男からも押入れからも決して目をそらそうとしなかった。あの時、富美が味わった恐怖を共有しない限り幸男の言葉には一切耳を傾けないだろう。だが共有することなど、どだい無理な話だった。幸男は葬式で浩一の遺体を見た。だが、それは業者が綺麗に修復を施した清潔な遺体だ。富美に比べれば、幸男は何も見ていないのに等しい。富美は今までたった独りで、じっと耐えていたのだ。富美に心底、同情した。

「もう、元になんて戻れないよ」

富美は幸男の憐憫をいとも簡単に跳ね除けた。この目の前にいる強靱な女は本当に俺の娘なのだろうか。

スリッパが階段を叩く音がした。

富美、起きたの？　もう大丈夫なの？　下でお茶でも飲まない？　声をかけながら悠子が階段を上がって来た。富美は引き戸を開けた。そして、それまでの諍いがまるでなかったかのように「はーい」と快活な娘の声を出して、一階に下りていった。

何時間にも感じた富美との対峙は一瞬で霧散した。

平穏な日常の空気が再び戸の隙間から流れ込んだ。一階で富美と悠子が楽しそうにお茶菓子を用意する音が聞こえてきた。さっきまで浩一は死んでいたというのに、今はアルゼンチンで息を吹き返したかのように感じた。下でお茶を飲んでいる悠子と富美は本当に俺の家族なのだろうか？

誰がこんな家族にした？　俺だ——

悠子の言う通りだ。俺は何もしなかった。

富美の言う通りだ。もう元には戻れない。

幸男は先ほど剝がしたポスターを取りに段ボール箱に向かった。

足の裏にチクリと鋭い痛みを覚えた。足を退《ど》けると、さっき床に落ちた画鋲が親指の付け根に刺さっていた。画鋲を抜くと、白い靴下にテントウムシのような赤い点が滲んだ。

妹　富美

アラベスク第一番を頭に叩き込まなければ。

だが、富美の体は旋律に合わせて動いているというよりは、荒波に体を委ねている海藻のようだった。頭の中は空っぽで、体がかろうじて動いている。集中とはまるで程遠い状態だった。ここ数日、合宿所や里美のアパートに泊まり込んだ。部活に集中したかった。だが、さっきから富美には何も見えていないし、聞こえてもいなかった。ずっと一つの思いに囚われていた。回路を切り、蓋をした兄の記憶に異物が紛れ込んだ。そしてその異物はあたしの頭の中をかき乱し、今も暴れまわっていた。

兄があたしに保険金を残していた――

恋人が残した保険金なら、美談になるだろう。だが、富美は引きこもりの兄を恥ずかしいと思い、避け、嫌悪し、無視した。廊下ですれ違った時に兄に向かって大きく舌打ちをしたことさえある。

なぜ兄はあたしに保険金を残したのだ。

社会人になったから、生命保険に加入したのだろうか？　それとも兄は死ぬことを決めて加入したのだろうか？

　前者であって欲しかった。だが、どちらの選択をしたにせよ、富美に保険金をかけていたのは不動の事実だ。なぜ両親ではなくあたしなのだ。あたしに何か言い残したことがあったというのか。愛していると言いたかったのか。あたしはあんなに嫌っていたというのに。

　なぜ？　兄の胸ぐらを摑んで問い質したいが、もう兄はいない。

　なぜ父は黙っておいてくれなかったのだ。父への猛烈な怒りが湧き上がってきた。兄への罪悪感が忍び寄ってきた。

「鈴木、もう一回」と、山下監督の声が聞こえた。フロアを振り返るとリボンが床に落ちていた。いつ落としたのか自分でもわからなかった。最悪だ。

　鈴木富美は打たれ強い、とよく言われた。監督やコーチに厳しい言葉で指導されてものほほんとしていた。だが、今思えば傷つくのが怖くて、まともに受け止めず逃げていただけなのかもしれない。新体操が他の競技と違うところは、技術だけではなく芸術的な採点枠があることだ。音楽に応じて顔の表情、感情を伝えなければならない。今の精神状態で大会に出ても表情は人形のように乏しく、感情は無に等しい。たとえ技《わざ》がうまくできたとしても審判員には芸術点で間違いなく最低の点をつけられてしまう。

あたしは兄に酷いことをしたなんて思っていない。落ち込んでもいない、兄の死なんてこれっぽっちも辛くない。悪いのは全部兄だ。不登校も、引きこもったのも全部兄が自分一人で勝手にやって、勝手に死んだ。

兄に対し真っ先に頭に浮かぶのは、怒りだ。そうだ、あたしは怒っている。傷ついてなんかいない。一人で死ぬなら、見つからないようにしろ。お母さんを、あたしを、お父さんを、おじさんを、おばさんをあんな目に遭わせて許せない。人の人生をめちゃくちゃにして許せないっ。許せない、許せない！

富美は自分の精神の安定のために、怒りという強力なバンソウコウを傷口に貼ることでしのいできた。母に嘘を平然とつけたのも、兄への怒りがあったからだ。

いけない、感情がコントロールできていない——

富美はリボンを拾いあげると、十三メートル四方のフロアマットの真ん中に立った。

「お願いします」と、リボンを両手で構えると部員全員が富美に注目した。アラベスク第一番が流れた。ドビュッシーはきっとあたしの体を鎮めてくれる。身体を上下に動かしリボンを激しく振っていく。よし、体は動く。問題ない。あたしの体はあたしのものだ。ひたすらリボンを振った。演技に没頭した。記憶の回路は切れている。感情はコントロールできるのだ。

だが、突然、脳の奥から真っ黒な濁流がこみ上げてきた。濁流は後悔と悲しみという大海に合流し、とてつもなく大きな津波と化した。

富美は全力で抗った、もがいた。だが、その津波は〃怒り〃という最後の防波堤をいとも簡単に破壊し飲み込んでいった。

粗末な筏で嵐の海へ放り出されたようだ。心の舵が全く取れない。こんなにも怒っているのに、こんなにも憎んでいるのに、こんなにも嫌っているのに、次から次へと後悔と悲しみがこみ上げてきた。

動きを止めた瞬間、精神が、肉体が壊れてしまう気がした。だが、リボンを振り回しても、身体をいくら動かして抵抗しても、無駄だった。

パチン、と回路が突然繋がった。あの日の記憶の断片が鮮明に脳裏に浮かんだ。

焼け焦げたやかん、饐《す》えたオムレツの臭い、兄の部屋の外に転がった母のスリッパ、まとめられた大量のゴミ袋、血まみれの包丁、開けっ放しの窓。

一つ一つ、それ自体では意味をなさない単語のようなものだ。だが、全ての単語が編まれると残酷な物語が出来上がり、雄弁に語られ始めるのだった。アラベスク第一番は富美の頭からあっさりと追い出され、あの時の音が、脳裏に忍び込んできた。

かたんかたんかたんかたんかたん、からからからからからから。

あの日、ストーブの火に照らされたリビングのテーブルの上には、オムレツとオタフクソースが置いてあった。オタフクソースとオムレツを見ただけで兄の食事だということはすぐにわかった。前日、母に浩一の好物って何だっけ？　と聞かれたからだ。知らないよ、とそっけなく答えたが、母の顔はとても疲れていた。すがるような目をしていた。富美はずっと切っていた回路のスイッチを入れて、昔の記憶をたぐり寄せた。

「オムレツじゃない？」

母は一瞬キョトンとした。富美は小学生の時に兄がオムレツにオタフクソースをかけて食べた話を母にした。

母がケチャップを買い忘れてしまい、兄は冷蔵庫に入っていたオタフクソースをオムレツにかけた。鰹節をかけ、広島焼き風にして食べた。それが、思いのほかおいしかったらしい。

「富美、オタフクソースをオムレツにかけるとお好み焼きの味になるんだぞ。これぞ正に二度おいしい」まだ何者でもなかった幼い兄は、目を細くしながら得意気に富美に話した。以来、兄がオムレツを食べる時は、そのスタイルが定番となった。

富美はかなり正確に兄の記憶を呼び出せたことに自分でも驚いた。母は少女のように胸の前で両手をパン、と叩いた。そうだ、そうだ、そうだった、オタフクソースかけるやつね。そっか。あれね、と言って嬉しそうに昔の甘い思い出に浸った。

ウザかった、母も兄も。何で母は兄に食事を作るのだろうか。引きこもってるのは兄の勝手だ。いい大人なんだから自分で作らせればいい。あたしだったら、あんなわがままな息子に自分の人生を捧げるなんてまっぴらだ。絶対に母のような専業主婦にはならないと心に誓った。

そのオムレツが手付かずで腐っていた。しかも、石油ストーブがずっとつけっぱなしなんておかしい。本当に強盗に監禁されているのではないかと思い、寒気がした。富美は階段を静かに上った。

階段の途中で母のスリッパが兄の部屋の前に見えた。入り口に揃えてあるのではなく、脱ぎ散らかしてあった。部屋の戸は開いていた。母は兄の部屋の中なのだろうか。それとも兄は出て行ったのだろうか。いずれにしても兄が部屋を開けっぱなしにするというのは相当不自然だ。戸の奥にゴミ袋が見えた、それも何袋も。

もしかしたら母と兄との間に何かあったのではないかと不安になった。兄は人に暴力を振るうタイプではない。だが、引きこもって三年が経ち、富美の知らない男《あに》が部屋に潜んでいるのかもしれない。富美は何年かぶりに兄の部屋に足を踏み入れた。

真っ暗な部屋に最初に見えたのは風だった。正確には長押《なげし》にかかっていた兄のスイングトップが突風で揺れたのだった。ぶるっ、と体が震えた。ベランダ横の窓が開いていた。何でこんな真冬に窓を開けてるの。床に何か大きなものが横たわっていた。

あの花柄のエプロンは——

「お母さん」

富美は何が起こったのかわからず、一瞬、体が動かなかった。だが、何とか声を振り絞り、お母さん、お母さん、お母さんと叫んだ。返事がない。ようやく体が動き、母のそばに行った。左手首がどす黒いもので染まっていた。包丁がそのすぐ側《そば》に落ちていた。刃先には固まった血がついている。母は兄の部屋で手首を切った——

だけど、兄はどこに？　同時にいろいろなことを思い巡らせた。とにかく救急車を、急がなければ。震える手を押さえながらスマホで119を押した。はいっ、119番です。火事ですか？　救急ですか？　と、場違いなほど明るい声が聞こえた。

その時、風が部屋を通り抜けた。スイングトップが揺れてハンガーと長押がぶつかり合い硬い木が擦《こす》れ合うような嫌な音が聞こえた。また、ぶるっと体が震えた。

ふと顔を上げた。目の前に漆黒に染まった窓ガラスがある。鏡と化したガラスに巨大な何かが映っていた。最初、壁にもたれかかっているように見えた。いや、壁ではない。富美の背後にあるのは押入れだ。押入れの前にグレーのシャツを着た人間がいる。あのシャツには見覚えがある。兄が押入れに寄りかかっている――

そうじゃない。兄の後ろにある襖は開いている。体は前傾姿勢だし、寄りかかっているというのは不自然だ。

富美の脳の中に、今の兄の状態を映像で映し出すことはいとも簡単にできた。どうして、どうして、何で、そんなことを。もしもし、もしもしと救急隊員が話しかけてくるが、富美は返事ができなかった。体に力が一切入らなかった。けれど、見ないわけにはいかなかった。まだ、兄は死んでいないかもしれない。救急隊員にしっかりと説明しなければ。一秒だけと言い聞かせ、振り返った。

太い縄に首根っこが縛られていた。

兄自ら首を括《くく》り付けたというよりは、縄が生き物となって、兄を縛り上げたように見えた。縄の強靱な力は兄を床から軽々と三十センチほど浮かせていた。圧倒的な力に兄の体は捩《ね》じ上げられ、征服され、命を根こそぎ奪われ、弛緩していた。縄の支点は家で最も頑丈そうな天袋裏の柱にかけられていた。

そこからはあまり覚えていない。記憶の時系列が今でもバラバラだ。とにかく早く来てください、と電話越しに言った気がする。いつの間にか警察が来て、現場で写真をやたら撮っていたような気がする。警察はいつまで経っても兄を降ろしてくれなかった。早く降ろしてください、と言ったが、まだ調べているから、と断られた。いいから降ろせ、とキレた。警察に部屋を追い出された。

昼食が置かれたリビングでじっと座っていた。この食事も警察は調べるのだろうか。さっきまで腐った臭いに耐えられなかったのに、今は何も臭いがしなかった。さっきからテレビをつけているのに、富美には何も見えなかった。何も聞こえなかった。

兄を荼毘に付した後、富美は残酷な物語を分解し意味のないものにした。回路を切って蓋をした。だが、時とともに蓋は軽々と外された。回路が再び繋がり始めた。富美が忘れようとすればするほどその物語は富美に強制的に接続を求め、より細部を見せてきた。気が狂いそうだった。なんであたしだけ、なんであたしだけなの。

リボンを後ろに投げた。その場所まで二回前転を行い、リスクとしてポイントを獲得しなければならなかった。だが、体がガチガチに硬直して動けなかった。富美の背後でリボンが落下する音が聞こえた。今更、アラベスク第一番が聞こえてきた。だが、それは遥か遠くから聞こえる祭囃子のようだった。視界の端に長机に座った山下監督が見えた。怪訝そうな顔をした監督だけにピントが合い、周りの部員たちは霧の中に包まれていた。だが、みんながこっちを見ていることだけはぼんやりとわかった。最後まで演技をしないと。だが、富美の体は直立したまままもうこれ以上、動かなかった。

動けっ、

動けっ、動けっ、動けっ！　自分の拳を握りしめ、腿《もも》を思い切り叩いた。

兄に支配されたくない、この体はあたしのものだ。

体がセメントで固められたようだった。部屋で兄を見つけた時のように、もう一歩も動けなかった。

動けっ、と思い切り叫んだ。突如ストンと膝から力が抜け、体ごと崩れ落ちた。フロアマットを思い切り叩いた。悔しくて、何度も何度も叩いた。何度も動け、と叫んだ。みんなが富美を唖然として見ていた。

父　幸男

幸男は浩一が加入している生命保険会社に連絡を取った。もう少し連絡するのが遅ければ、保険会社から自宅にハガキが届き、悠子に知られるところだった。保険会社は契約者本人が死亡したかどうかは確認することができない。なぜなら原則として契約者本人が死亡した場合、保険金受取人が保険会社に連絡を取るからだ。つまり、富美が保険会社に連絡を取らない限り、保険会社は浩一の生死を知ることはない。だが、今は人が死亡すると銀行が通知を受け、死亡者の口座を凍結する。口座が凍結されると保険会社は保険料の引き落としができない。保険料が未納扱いとなり、本人に通知が行く。引き落としは毎月ではなく、二ヶ月に一回という保険会社も多い。

浩一の保険会社が実際そうだった。幸男が電話した時、ちょうどご連絡を差し上げようと思っていたところです、と保険会社の担当者に言われた。浩一の死亡した理由を告げた時、ご愁傷様です、心中お察し申し上げます、と間断なく穏やかな声で言われた。保険会社は自死など慣れているのだ。精査はさせていただきますが、お支払いは問題ないと思います。ただし受取人が富美様となっておりますのでご本人様にお手続きをお願いしています、と言われた。暗に幸男の介入を拒否された。本人が受け取りを拒否している、一度お会いして相談したい。できれば浩一を勧誘した外交員の方に同席を願いたい、と幸男は一方的に告げた。


浩一の担当者だった縄山という女性は、わざわざ隣駅の喫茶店まで足を運んでくれた。

「浩一はいつ生命保険に申し込んだのですか?」幸男は開口一番聞いた。

「毎月、サイタ冷熱様には定期的に伺っておりまして、その際新入社員でいらっしゃった浩一様を総務部様の方から紹介されまして、生命保険へのご加入をお勧めした次第です」

幸男の予想通りだった。縄山がやたら様をつけるのは鼻についたが、幸男の質問には大概答えてくれた。だが、話題が浩一本人のことになると話をそらした。遺族がクレームをつけてきた場合のマニュアル通りに答えているのかもしれない。幸男は同じ内容の質問を言い方を変え、縄山にぶつけてみた。

「無口ですが、とても感じのいい方でした」

二回ともあらかじめ録音された自動音声のように返答した。縄山はクリームソーダのアイスクリームの部分をズズッと性急に吸った。だが、アイスはまだ凍っていて半球状態のままだった。幸男がこれ以上の追求をしないと察したのか、縄山は切り出した。

「それでは請求書を富美様宛に送らせていただきます。富美様ご本人の印鑑と印鑑証明と浩一様の死体検案書が必要となります。確認後、富美様の口座に保険金を支払わせていただきます。何かご不明な点はございますか？」

不明な点だらけだ、何もかも。

「あの、イヴちゃんは？」

「はい？」まるでペットの名前を尋ねられたかのような反応だった。

「浩一は、なぜ死んだんですかね？」

つい口を衝いて出た。自分でも頭がおかしくなったのではないかと思った。だが、彼女の方が幸男より浩一のことを知っているのではないかという気がしたのだ。縄山は気まずそうにグラスの底に残されたアイスに目を落とした。一応答えを探そうとしてくれていた。だが、明らかに困っていた。「ありがとう」と言って幸男は伝票を持って立ち上がった。


帰り道で白バイ警官に車を止められた。ここでいつも取り締まっているのは知っていたが、スピードを出していることに幸男は全く気づかなかった。十キロオーバーです、と言われた。白バイ警察官はサングラスをかけたまま切符を記入している。

「これ、どうされたんですか」

幸男の助手席のサイドウインドーには相変わらずビニールが貼られている。

「昨日、家のガレージでぶつけて割ったんです」

嘘だ、家にガレージなどない。車を停めているのは近所の青空駐車場で、サイドウインドーをぶつけたのは道路標識だ。しかも、ぶつけたのは半年以上前の話だ。警官が傷ついたドアを見た。その傷はすでに塗料が剝げ、錆び付いている。だが、幸男は警官の問い詰めるような視線を無視した。早く直してくださいね、今度見つけたら整備不良で違反にしますよ、と切符を渡してきた。幸男は舌打ちをした。何ですか、と警官が突っかかってきた。無視を決め込んだ。警官は幸男に聞こえるようにため息をつき、白バイのエンジンをふかして去っていった。

白バイが去っていった方向を漫然と見た。いつも避けていた鉄塔が見えた。あの鉄塔の下に広がる空き地に立つ標識に、助手席のドアごとぶつけた。ドアは直さなかった。いや、直せなかった。幸男は空き地に車を走らせた。助手席に貼ったビニール越しに高台が見えてきた。八月には青々としていた高台の雑草は、今や全く生気のない薄茶色の枯れ草になっていた。

あの日は、朝から真夏の太陽が照りつけていた。幸男は浩一の部屋の前の廊下で、二時間正座した。尻とふくらはぎの間にじっとりと汗が滲んだ。だが今日しかない。幸男が連絡を取ったクリニックは今日しか予約が取れなかったのだ。

幸男の汗ばんだ手には以前読んだ新聞の切り抜きがあった。白衣を着た若い男性が写っている。テレビにも頻繁に出ていたその医師は、引きこもり回復の第一人者という評判だった。「700人の引きこもりを救った奇跡のドクター」。人気司会者のバラエティ番組にその医師が出演した時、彼を紹介する大仰な字幕が画面に映された。その医師は神妙な顔つきで引きこもりは現代の病です、と司会者に訴えかけていた。

幸男はその医師に会いに行った。浩一が三年間引きこもっていることを伝えると、息子さんは心の中が満杯状態だから、そうせざるを得ないんです。本人を連れてきて下さい、と言われた。幸男は家に診療に来てもらえないかと医師に伝えたが、訪問診療はしていないんです、と断られた。浩一を病院へ連れて行くのは気が重かった。

幸男は家の近所に訪問診療がないか、市役所の引きこもりの担当部署に電話してみた。担当者に浩一の年齢を聞かれ、何を勘違いされたのか、就労支援担当の部署に回された。幸男が浩一のことを説明し、訪問診療の医師を探していると伝えると、今度は保健所に回され、『ひきこもり地域支援センター』を紹介された。だが、そこに問い合わせると市内には引きこもりの訪問診療をやっている病院はない、と事務的に言われた。幸男は浩一の経緯を一から説明することにほとほと疲れてしまった。

当初、幸男はそっとしておけば浩一は部屋から出てくると考えていた。浩一は物事を真面目に考えすぎる。頑固な性格が引きこもりを長期化させている。ただ、プライドが邪魔して、悠子には悩みを話せないはずだ。男の医師だったら話しやすいのではないかと思った。

結局、テレビに出ていた医師のクリニックに再度連絡を取った。以前、幸男が仮予約した日を受付はそのままにしておいてくれた。当日は悠子と富美も不在だった。その二つが決め手となった。

浩一の部屋をノックした。何ですか、と一言だけ返ってきた。その言い方は幸男にしかしない。浩一は誰が廊下にいるかわかっている。幸男は単刀直入に切り出した。

「なあ浩一、一度医者と話してみないか。とっても優秀な先生なんだ。鬱は心の風邪だって、先生新聞でも言ってたぞ」

幸男は戸の隙間から医師のインタビュー記事が載っていた新聞を差し込んだ。今思えば、何と素っ気なく、配慮を欠いた言葉だったかと思う。幸男はその新聞記事を斜め読みしただけだった。医師の診断も助言も受けていないのに、浩一を鬱と決めつけた。幸男は浩一の状態を甘く考えていた。焦っていた。このまま浩一が社会から孤立していくことに、父親としての不甲斐無さを感じた。チャンスは今日しかないと思い込み、結論を急いだ。

浩一は沈黙していた。幸男は五分間隔で話しかけたが、戸が開くことはなかった。幸男は辛抱強く話しかけた。廊下は蒸し風呂のようだった。北向きのために太陽の推移はほとんどわからなかった。だが、腕時計を見るといつの間にか二時間経過していた。予約の時間には間に合わないかもしれない。だが、間に合わなくても診察室に押し掛けるつもりだった。

俯き加減に部屋の敷居をじっと見ていると突如、引き戸が開いた。目の前にまっさらな白い靴下が見えた。幸男が見上げると、浩一は洗いざらしのブルーのシャツを着ていた。幸男は黙って階段を下りた。浩一が部屋の敷居を跨いだのを背中で感じた。

車で一時間ぐらいだと浩一に伝えた。浩一は助手席に座ったまま、ずっと外を見ていた。先ほどクリニックには少し遅れるかもしれない、と電話を入れた。受付の女性が「よかったです。お待ちしております。お気をつけて」と幸男を快く受け入れてくれた。そのささやかな気遣いが胸に沁みた。一家の主人としての努力が報われた気がした。

しかし、そんな幸福は束の間だった。幸男が呑気に明るい未来を想像していた時だった。車内に突然風がなだれ込んだ。助手席のドアを浩一が開け、外に飛び出した。

全て一瞬の出来事だった。幸男は慌ててブレーキを踏み、ハンドルを右に切った。浩一が開け放ったドアは標識にぶつかり、ガラスが大破した。車は大きく右に旋回した。粉々になったガラス粒が幸男に散弾のように飛んできた。いつ車が止まったのかすらわからなかった。自分の体に何が起きたのか、それさえわからないほど一瞬だった。

何でだ、幸男はあまりのことに言葉を失った。頬からするすると液体が流れている。手で拭った。掌《てのひら》を見ると血だった。助手席のガラスは跡形もなかった。ふと、後ろを振り返ると浩一が道路にうずくまっているのが見えた。しばらくして浩一は起き上がると、右足を引きずりながら鉄塔がそびえ立つ、高台の方に歩いていった。幸男はシートベルトを外し、車を飛び出した。

浩一は草に掴まりながら、高台を必死に登っていた。高台の頂上はカラス避けのビニールテープで四方を囲まれていた。三メートルほどの急な斜面を浩一は必死に登っていた。幸男から逃れる道は、他にもあった。だが、浩一はその高台を遮二無二登っていた。幸男には高台が浩一を閉じ込めている壁で、ビニールテープは有刺鉄線に見えた。

幸男は無我夢中で走った。浩一に追いつき、その腰にしがみついた。浩一は幸男を振りほどこうとした。物凄い力だった。浩一は藁にもすがるような表情でビニールテープに手を伸ばしていた。だが、幸男は浩一の腰に抱きついた。絶対に離すものかと思った。

逃げてどうなる、浩一。ここから逃げてどうなる。

浩一は幸男の力に耐えきれず、覆いかぶさってきた。二人は斜面を転がっていった。草の青くさい匂いがした。幸男が仰向けになり目を開けた時、鬼のような形相の浩一の姿が映った。

すぐさま右の頬骨に鈍い衝撃が走った。浩一にこんな力があったとは思いもよらなかった。そして、浩一は獣の咆哮のような声を上げた。

「俺は病気じゃない！　俺は病気じゃない！　狂ってなんかいない、おかしくなんかなっていない！」

物凄い叫び声だった。浩一は全身全霊で幸男に向かってきた。三年間引きこもっているとは思えないほどの力だった。だが、浩一の暴力は幸男に向けられたものではないことはすぐにわかった。浩一の拳は己をも傷つけていた。それは、男だけにわかる感情だった。

バカにするな、俺は病気なんかじゃない、狂ってなんかいないんだ、まだおかしくなんかなっていない、と涙を流しながら、浩一は幸男を殴っていた。幸男は浩一を焦って部屋から連れてきたことが、いかに軽率な行動だったかと、痛みの麻痺した頭で考えていた。

いつの間にか、殴打は止まっていた。

目を開けると浩一は幸男の顔を見て呆然としていた。幸男は自分の体がどうなってしまっているのかわからなかった。浩一は次の瞬間、驚いたかのように、地面に尻餅をついた。

先ほどの猛々《たけだけ》しさはすっかり失われていた。浩一は幸男を殴ったことにショックを受けているようだった。己がしたことを恥じている。浩一もういい、自分を責めないでくれ。すまなかった。家へ帰ろう。

だが、幸男の想いは浩一には届かなかった。浩一は泥まみれになった顔を拳で拭うと、立ち上がった。

「俺は大丈夫、まだ大丈夫。俺は大丈夫、まだ大丈夫」

浩一は誰に言うでもなく、右足を引きずりながら、歩いていった。幸男はそれ以上、浩一を追いかけることができなかった。

浩一の遥か向こう側で夕日が沈んでいくのが見えた。

幸男はすっかり雑草が枯れ果てた高台を登っていった。あの時、壁に見えた斜面はそんなに苦労せずに登れた。有刺鉄線に見えたテープの向こう側には小さな畑があった。作物はすっかり刈り取られ、次の夏を待っていた。奥には無機質な鉄塔がいくつもそびえ立っているのが見えた。高台の頂上から見える風景は特に変わったものではなく、浩一が乗り越えようとした壁だとしたら、余りにも素っ気ない気がした。一体、浩一はあの時どこへ向かおうとしたのだろうか。幸男は斜面を下り、浩一が向かった方へと歩いて行った。

いつの間にか幸男は高速道路の脇道を歩いていた。跨道橋《こどうきょう》の上に立ち、高速道路を見下ろした。大型のトラックが何台も走っていた。ここから飛び降りたら子猫のように、軽々とトラックに跳ね飛ばされるだろう。なぜか幸男はあの日、浩一がここまで来たのだと思った。

跨道橋にそびえ立つ金網を見上げた。網に手をかけて登った。普通の金網より目が細かく頑丈だった。網目には指が二本しか入る隙間がない。登ろうとすると指先に全体重がかかり、激痛が走った。思わず悲鳴をあげた。人が容易に登れないように設計されている。だが、幸男は登った。浩一を理解するにはここを登るしかないと思った。

高さが五メートルはある金網から幸男は何度も滑り落ちた。どんなに激しく自分の体に鞭打っても、還暦を過ぎた体力でここを登ることなど到底不可能だった。そして、幸男が待ち望んでいた、希死念慮は一向に湧いてこなかった。

幸男は跨道橋にそのまま跪《ひざまず》いた。途方もない虚しさを感じた。

浩一の気持ちに一歩も近づくことができなかった。だが、同時に幸男は理解した。

自ら死ぬことには相当な勇気がいる。いや、浩一に言わせれば勇気という言い回しは適当ではない。決断力と言うのかもしれない。それを持ち得ない人間は、自ら命を絶つことなど到底成し遂げられない。一人で死ぬということは、あらゆるものを全力で絶ち切るということだ。家族はもちろん、友人も過去も未来も。

遺された者たちのことを浩一は想像したのだろうか。

した、それは間違いなく。

だが、幸男には家族や友人を捨て去ることは不可能だった。あれほど浩一に近づきたいと願ったくせに、幸男は一滴の血さえも流すことができなかった。ちゃんちゃらおかしかった。

「俺には無理だよ、浩一」

幸男は自嘲した。人並みに痛みを感じた小心者の手を、金網から離した。トラックの乱暴なクラクションが遠くから聞こえてきた。

第四章

妹　富美

「母さんへ　浩一です。お元気ですか。今日は休みだったので犬のカムバックと一緒にディスコというスーパーマーケットに買い物に出かけました。日本でいう西友とかイオンみたいな感じのスーパーです。何とそこで日本の味噌を見つけたのです。早速、赤エビで出汁を取り、味噌汁を作ってみました。ブレンダとニコラスに味噌汁を飲んでもらうと、おいしいおいしいと言っておかわりをしてくれました」

こんな手紙などいくらでも書ける。要は母が望んでいる兄を描けばいいのだ。

富美は昨日、監督に明日の一日練習を休ませてください、と伝えた。監督にはわかりました、と一言言われた。大会は誰か別の選手が出ることになるだろう。あたしは誰からも期待されていない。

ノートパソコンのカーソルの点滅をじっと見つめた。このまま手紙の内容を北別府さんに送れば母の平和な日常はまた〝延命〟される。だが、富美はそれを破壊したい衝動に駆られた。

母は、兄の誕生会はあたしのせいで台無しになったと言う。あたしは誕生会をやることに反対した。兄が部屋から出てこないことは、目に見えていた。母がイタ過ぎてこれ以上見ていられなかった。

あたしは、お母さんが悲しむ前にお兄ちゃんの部屋に行ったんだよ。それなのに、あたしのせいにして。お母さんはお兄ちゃんに嫌われたくないだけじゃない。結局、お母さんはお兄ちゃんのことを何もわかっていない。あたしのせいじゃない、あたしのせいじゃない、絶対にお兄ちゃんなんかに謝らないから。

このままだと富美は大会に出られなくなる。兄に負けたことになる。それだけは絶対に嫌だ。そうだ、あそこに行こう。あそこなら言いたいことがすべて言える。

コンビニでコピー機の使い方がわからないおばさんが、何度も白黒コピーとカラーコピーの選択を間違えていた。ミスプリントだけで三百円使ったそのおばさんは、バイトの店員にコピー代が高すぎると文句を言い始め、コピー機の前から退かなかった。富美は、おばさんの脇で黙ってコインを入れ、USBを突っ込んだ。

「ちょっと、あたしがまだやってんだけど」

「喋ってばかりで、やってないじゃないですか」と速攻で言い返すとおばさんは黙った。

パネルを操作して昨日徹夜で書いたものをプリントアウトする。ふと、店の窓ガラスに映った自分の顔を見た。髪がボサボサで隈ができていた。人を刺しそうな淀《よど》んだ目をしていた。そういえばここ数日ほとんど寝ていなかった。誕生会の夢を見るからだ。どうせ眠れないなら、と念入りにこれを書いてやった。


受付で名札に名前を書いていると、武富さんがチラチラと富美を見てきた。うざいので目も合わせなかった。受付を済ませるとちょうど十四時だった。富美が以前座った席は空いていた。対面の席にはさつきさんが座っていて、富美に軽く頭を下げた。さっさとこれを読んで帰りたかった。側溝に溜まったヘドロ混じりの泥水を全部掬い上げたかった。詰まりをなくせばあたしの心はさらさらと流れていくはずだ。

武富さんが席に座る前に一礼した。雰囲気がいつもと違った。この間、「小林」さんと米山さんの件で一悶着あったからなのか、背筋がピンと伸び、顔つきが優しくなったように見えた。富美はすぐに底が浅い男だと思った。この間、さつきさんに怒られたことで遺族を理解した気になっている。ムカついた。何をわかった気でいる、コイツは井原先輩と同じタイプの人間だ。いや、どちらかというと兄に近いのかもしれない。まあ、いいや、ちょうどいい。今日は武富さんを兄と思うことにしよう。

「この会は大切な方を突然亡くした方のための会です。普段、周りの方に……」

「あの」

富美は大きな声を出した。武富さんの説明を聞いている時間がもったいなかった。

「今日は話してもいいですか」

全員が富美に注目するのがわかった。武富さんは富美の態度にとまどっていた。そんな空気を一切無視した。

「何から話していいかわからなくて兄に手紙を書いてみました」

富美はカバンの中からコンビニでプリントアウトした紙を取り出した。自分でも不思議なほどスラスラ書けた。実際、母に手紙を書く時より簡単だった。兄とは何年も話していなかったから、言いたいことが溜まりに溜まっていた。寝不足だったが、頭の中は妙に明晰で冷静だった。胸の内はフリスクを噛んだ後のようにスッキリとしている。溜まった怒りは膨張すると熱を帯びるのではなく、冷静さと酷薄さを帯びるのだと知った。緊張はしなかった。そのまま読めばいい。富美は手元に目を落とした。

「お兄ちゃんへ。富美です。お兄ちゃんが自殺してもう三ヶ月ほど経ちますね。今どこにいるのでしょうか？　キリスト教でも仏教でも自殺すると天国に行けないって聞きます。もしかすると地獄にいるんですか？　まぁ、あんな酷いことして天国に行けるわけないか。きっと地獄だね。お兄ちゃん、なぜ自殺をしたのですか？　あたしは何で自殺したか正直わかりません。考えれば考えるほどわかりません。引きこもったことが原因なんですか？じゃあ、何で引きこもったの？　お母さんはお兄ちゃんが引きこもったのは高校の時いじめにあったからなんじゃないかとか、大学に行ったのに就職が決まらないからだとか、時代のせいだとか、社会が悪いだとか、お父さんと仲が悪いからだとか、あたしが嫌ってるからだとかいろいろ言ってたけど、それのどれかですか？　それとも全部ですか？　あたしはお兄ちゃんが引きこもったのは何となくわかるよ。お兄ちゃん理想が高いもん。お兄ちゃんはやりたいことしかやらないし、自分が一番じゃないとすぐに諦めるし。でも、いい大人がみっともなくないですか？　そんな理由で自殺するなんて。あの日、『警官が到着するまで何も触らないで下さい』って言われて、あたしはお兄ちゃんとお母さんをそのままにしてリビングにいた。オムレツがね、腐ってた。ずっとテレビ見てた。だけど、何見てたか全然覚えていない。お兄ちゃんの姿しか思い浮かばなかった。地獄だった。一分が何時間にも感じた。警察が来てあたしを二階に連れて行って聞くの。『この方はお兄さんで間違いありませんか?』って。そんなの間違いないに決まってるじゃん。『ちゃんと見て。ちゃんと顔を見て確認して』って。見たよ、ちゃんと。床に包丁が落ちてた。警察の人がね、言ってた。お兄さんの後を追おうとしたんじゃないか、って。わかってたんでしょ? お母さんが一番最初に見つけるって。わかっててやったんでしょ? 酷いね。ねぇお兄ちゃん、お母さんは死ななかったよ。生きたの、強かったの。お母さんはお兄ちゃんが死んだこと覚えてない。アルゼンチンで生きてると思ってる。ねぇ、悔しい? 大好きなお母さんに悲しんでもらえないで。ざまぁみろ! あたしはお母さんにお兄ちゃんが自殺したことは絶対に言わないから。……ねぇ、何であたしに保険金なんて残したの? ねぇ、なんで? 許して欲しいってこと? それとも、忘れないでくれってこと? お兄ちゃんはあたしのことが嫌いだからね。残酷だね。いいよ、あたしはお兄ちゃんのことを許さない、あたしはお兄ちゃんのことを許さない! 全部忘れてやる。お兄ちゃんの思い通りにはさせないから、させないからっ!」

叫んでいた。続きを読もうと紙に目を落とした。だが、今言ったことの半分も手紙には書かれていなかった。富美は勝手に喋っていた。兄が目の前にいるような気がしたので、言葉が次から次へと溢れ出た。米山さんがあたしのことを呆然と見ていた。武富さんはあたしがこんなに罵詈雑言を吐くとは思っていなかったらしく、おろおろとさつきさんに助けを求めていた。その姿はあたしの前から逃げようとする兄の姿に見えた。富美は決して〝兄〟から目をそらさなかった。やっとわかったか。残酷な気持ちがまだまだ沸き上がることに一人悦に入った。

富美が言葉を継ごうとした時、突如喉の奥からこみ上げるものがあった。カッと一気に胸元が熱くなり苦く酸っぱい胃液が逆流した。床に吐いた吐瀉物が自分の顔に跳ね返ってきた。

日比野さつき

さつきはとっさに走っていき、富美ちゃんの背中をさすった。米山さんはウォーターサーバーから水を汲んできた。富美ちゃんはそれを少し飲むと、すいませんと言ってティッシュで自ら吐き出したものを拭った。すいません、ごめんなさいと言いながら彼女はお屋敷に仕えるメイドのように床に両膝をつき、懸命にティッシュで吐き出したものを拭いていた。目頭が熱くなった。さつきはその自分を卑下した彼女の行動を止めることができなかった。彼女は今、敢えてそうしたいのだ。

久しぶりに弥生のタンスを開けると防虫剤の臭いがツンと鼻にきた。しばらく開けていなかったことがわかった。確かシンプルな白のブラウスとジーンズがあったはずだ。本当はさつきの服を着せてもいいのだが、若い子はおばさんの服なんか着たくないだろう、と自分に下手な言い訳をした。

富美ちゃんのブラウスとジーンズを洗濯機に放り込んだ。自分と夫以外の服を洗濯するのは久しぶりだったので妙な充足感があった。和室に戻ると、富美ちゃんは寝息を立てていた。目の下に隈ができていた。あまり眠れていないのかもしれない。お兄さんを発見して警察に連絡したのが富美ちゃんだと思うと、さつきはやりきれなかった。そばに弥生のブラウスとジーンズを置いてそっと部屋を出た。富美ちゃんが今日『分かち合う会』で話したこと、あれはお兄さんに対する復讐なのだと思った。すさまじい迫力にさつきは圧倒された。

「フロイトによると人は愛し依存する対象を失うと『両価的感情』に支配されます。『両価的感情』とは、一つの対象に対して相反する二つの感情を同時に持つことです。一方では失った対象に対して怒りや恨み、憎しみを持ち、自分に対しては自分の言動を悔やみ、罪悪感を抱きます。他方では、相手に対して、愛や畏敬の感情を持つのです」と平田先生は言っていた。さつきは弥生に対して憎しみを持ったことが、ほとんどない。自分の子供だからだろうか。富美ちゃんはお兄さんが引きこもりだったから長く接触していなかった。だから溜まっていた不満が一気に出てしまったのだろう。『分かち合う会』の参加者の中には、亡くなった人への恨みつらみを話す人も多い。愛する人に裏切られたと思う気持ちが強いのだろう。さつきもいまだに自分の気持ちがわからなくなる瞬間がある。自死は受け入れるまで十年以上かかると言われている。この行き場のない気持ちに折合いをつけられる日は本当に来るのだろうか。

去年の夏に買った素麺が余っていたので、鶏肉と小松菜を薄めにした白だしで煮込んだ。富美ちゃんが起きたら、その中に麺を入れてにゅうめんにする。さっぱり食べやすいように柚子を少し刻んで入れてあげよう。

襖をそっと開けると富美ちゃんは仏壇の前に座っていた。じっと、仏壇の前で弥生の写真に向かって手を合わせていた。

「ありがとう」礼を言うと、富美ちゃんが気まずそうに振り返った。

「いいえ、こちらこそ。すいません、お邪魔してしまって」

「それ着替え。少し小さいかもしれないけど」

さつきは、それが娘のものだとは言わなかった。

「ありがとうございます」

「温かいお素麺食べない？」あ、はい、と富美ちゃんがうなずいたので、さつきはいそいそと台所に戻った。

こたつの上ににゅうめんと残りものの肉じゃがを置いた。さつきは350ミリリットルの缶ビールを二本持ってきた。弥生のブラウスとジーンズは富美ちゃんにはサイズがぴったりだった。さつきは一瞬、弥生が目の前にいるかのような錯覚に陥った。さつきは緊張のあまり、掌《てのひら》に汗をかくのを感じた。

「あたし、飲んでいい？」

「あ、はい。どうぞ」富美ちゃんはいただきますと言って、ズルズルとにゅうめんをすすると、はぁと満足げにため息をついた。そして突然何かを思い出したかのように笑った。どうしたの？　と聞くと、最近素麺と肉じゃがばかり食べている気がします、ごめんなさい文句じゃないです、と言った。顔色が少しよくなった気がする。

「娘さん、いくつだったんですか」

「十四」

富美ちゃんは弥生の遺影をじっと見つめた。年齢を口にしたことで改めて、さつきはため息とも嘆息ともつかない息を吐いた。

あっという間だった。オムツが取れたと思ったら小学校に上がり、九九ができるようなって、逆上がりができるようになったと思ったら、中学生になっていた。あれやこれやと指を折る暇もなく、いつの間にか十四歳になっていた。だけど、それしか生きられなかった。何で親なのに気づいてあげられなかったの、と義母に言われた。

事実、弥生の死の予兆には全く気づかなかった。自分の娘が親より先に死ぬなんてどこの親が想像するだろうか？　親は子供が成長し、未来にまっすぐ駆け上がっていくことしか考えていない。それだけを考えていてはいけないのだろうか？　常に最悪の死の事態を想定し、誰からも落ち度を指摘されない完璧なハザードマップを作ることが親の務めなのだろうか。だが、こんなのは全て言いわけだ。私は子育てに失敗した。

「肉親といえども他人です。死んだ人は苦しんだかもしれないけど、本人にとっては最良の手段を選んだのでは。理解できないことを罪と思ったり恥じたりしなくていい。あなたは十分娘さんのことを理解しようとしている」平田先生はとうとう話してくれた。だが、先生の言葉さえ空っぽなものに感じる時がある。先生の家族は誰も自殺してない、生きているじゃない、と。そして、何度もこう言いたい衝動に駆られた。

「私と同じ目に遭えばいいのに」

弥生を喪ってから五年、私はまともな人間ではなくなってしまった。時間も止まってしまった。どうして富美ちゃんに弥生の服なんて着せてしまったのだろう。さつきはビールを一気に流し込んだ。

「あたしも飲んでいいですか」さつきがもう一本のビールに手を出そうとした時、富美ちゃんがいたずらっぽくさつきを見た。ビールを渡すと富美ちゃんはプルトップを素早く開け、一気に飲んだ。そして素麺おいしいです、と言った。そう、ありがとう。あービールがあれば毎日ぐっすり眠れそうですね、でも、いきなり家で晩酌なんてしてたらお母さんに嘘がバレるなぁ。嘘とは何のことだろう。さつきはあまり聞いてはいけない気がした。

「あまり眠れてない？」富美ちゃんは小さくうなずいた。

「やっぱり家に帰ると、どうしたってあの時のこと思い出すんです」

「私も最初の頃は眠れなかったから」

さつきは富美ちゃんと目を合わせると、カチンと缶を合わせた。まるで男同士の飲み会だ。

「蕾《つぼみ》、出てますね」

富美ちゃんが、窓外の桜の木を見ていた。

さつきが目をこらすと、枝のあちらこちらにぷっくりとした蕾が見えた。

もうすぐ咲いてしまう――

さつきは巡りゆく季節を恨めしく思った。時が止まってしまったと思っているのはさつきだけだ。弥生の同級生は高校を卒業し、大学生や社会人になっている。いずれ、父や母になって自分たちの子供の未来に夢中になり、弥生のことなど完全に忘れ去るだろう。

いいですね、家で桜がゆっくり見られるなんて。富美ちゃんはビールを飲み干すと、くしゃっと空き缶を潰した。缶は見事にペチャンコに潰れていた。あ、ごめんなさい、あたし体育会系なんで、これよくみんなでやるんですと、富美ちゃんは照れ臭そうに缶を見つめた。さつきは新しいビールを冷蔵庫から持ってきた。

「さつきさん、引きました？」

富美ちゃんは『分かち合う会』でのことを言っているのだろう。さつきは首を振った。

「最近、夢を見るんです。前に、お兄ちゃんの誕生会したんですね。お母さんがケーキ買ってきて。だけど、お兄ちゃん引きこもってるから、部屋から出てこないじゃないですか。

あたしはやめた方がいいって言ったんです。でも、お母さんが『始めれば浩一は部屋から出てくるんじゃない』って言って一人で歌い始めるんですよ。『ハッピーバースデートゥーユー　ハッピーバースデートゥーユー……ほら、富美も歌いなさい』って。何回歌ってもお兄ちゃんは部屋から出てこないんですよ。うちのお母さんバカでしょ？」さつきは首を振った。私でもそうする。本当にそう思った。

「あたし、さすがにキレちゃって、お兄ちゃんの部屋に行ったんです。戸を思い切り叩いて」

富美ちゃんは新しいビールを開けると、一口飲んだ。

「いつも、夢がそこで終わるんですよね」

「夢の続きさ、富美ちゃんはお兄さんとちゃんと話そうとしたんじゃないかな。ほら、何か大事な話」

さつきはこの子を守ってあげたいと思い、柄にもないことを言った。富美ちゃんは困ったように宙を見上げ、そうかなぁ、と呟いた。

「娘はね学校のこと、いじめのこと、何も喋ってくれなかったの。私も娘とね、喧嘩でもなんでもすればよかったって思ってる。娘を殴ればよかったって思ってる。そうすれば、学校のこと少しは話してくれたんじゃないかなって」

しまった、少し酔っ払っていた。富美ちゃんはまだ話があったのではないだろうか。あたしが先に喋ってしまった。グリーフケアの基本なのに。

「あ、ごめん。私が先に話しちゃって」

「いえ、全然大丈夫です。こっちこそすいません、変な話して」

「ありがとうね、話してくれて」

いえいえいえいえ、と富美ちゃんは顔の前で手を振った。

「あの桜ね、弥生が生まれた時に植えたの。だからもうすぐ、十九歳。そんなに早く死ななくたっていいのにね」

さつきも新しいビールを開け、一口飲んだ。ずいぶん苦く感じた。

もう五年、まだ五年。

もう桜を美しいと思う日は二度と来ない。

家にはこれしかなかったので多少かさばるが、これなら街中や電車で持っていても日用品だと堂々と説明できる大義名分がある。駅から電車に乗ったが、全く不審がられなかった。幸男の選択はベストだと言えた。もはや、あの店長にはこの手段しか残されていない。全日本特殊浴場協会連合会など聞く耳を持たず、全く当てにならない。客を何だと思っている。埼京線に乗り換え、大宮の駅前を闊歩した。ここでも不審がられる気配は全くなかった。工事現場の作業員だと思われている可能性は高い。だが、大宮北銀座の通りに入った途端、客や呼び込みにジロジロ見られた。だが、そんなことで今からすることに臆したりしなかった。

幸男にしては、珍しく迅速な行動だと言えた。一度は浩一の後を追い、死んでみようと試みた。だが、優柔不断な幸男には死ぬことなどどだい無理な話だった。死を意識したことにより幸男は悟りに近いものを得た。人生は短い。今、思いついたことは即行動に移すべきだ。俺は父親で、鈴木家の主人だ。モタモタしていないで一気呵成に解決してやろうと思った。

もんぶらんの前に立った。前もそうだったが、自動ドアがスムーズに開かない。性能の悪いセンサーだ。俺ならこんなバカでのろまな自動ドアなど、すぐにスピードを十倍に改良できる。俺の開発した包あん機は十秒間に十個のチーズハンバーグを作れるのだ。幸男のはやる気持ちに反して、自動ドアがブイイイイイン、とのっそり開いた。

「いらっしゃいませー！」鷲田のあほ丸出しのでかい声が聞こえた。だが、自動ドアはまだ三分の一しか開いていない。幸男はその三分の一の隙間にググググ、と体を無理やりねじ込んだ。同時に手に持っていた、ビバホームで買ったスコップを頭上に振り上げた。

「イヴちゃんに会いたい！」

本当は、イヴちゃんと話したいと言いたかった。あまりにも急《せ》いていたので、会いたいになってしまった。鷲田の口がカバのようにぱかっと開いた。

あんな痩せ細った男など気合とスコップさえあれば、絶対に勝てると思っていた。しかし、店長佐古の動きは思いのほか、敏捷《びんしょう》だった。というか、全く見えなかった。奥から現れた佐古にスコップを両手で振り上げた。佐古は無防備になった幸男の顔面に右ストレートを叩き込んだ。ボクサーのように素早い動きだった。いや、実際元プロボクサーだったというのは後で知った。鼻筋がくわっと熱くなり、両手で鼻を押さえた。見たことがないほど大量の鼻血が出た。喧嘩など生まれてこの方したことがなかったから、当然の結末と言えた。幸男は佐古と鷲田に従業員控え室に連れ込まれた。縄で縛りつけられ監禁されて拷問を受けるのかと思ったら、すぐに警官が二人来た。

だが、年配の方の警官は幸男を連行するどころか、鷲田に事務所でホットコーヒーを淹れさせた。制帽を脱ぎすっかり脂ギッシュになった薄い頭髪を手で撫でつけて、我が家のようにくつろいでいる。そして、コーヒーを一気飲みすると近所のおっさんが小学生の喧嘩の仲裁に来たかのような呑気な口調で幸男に話しかけてきたのだ。

「あー殴られちゃったの？」

「正当防衛っすよ」佐古が速攻で答えた。手だけではなく、口も敏捷だった。その年配警官の話によると、佐古は元ボクサーだった。もんぶらんの経営母体の会社は、宝石販売とボクシングジムも手がけていると教えてくれた。そして夢半ばで挫折したボクサーがもんぶらんの店員に転職するのだと。佐古、本気で殴ったんじゃねーだろうな、いやいやただの軽めのジャブっすよ、と佐古が言った。

いや、あれはストレートだ。思わず幸男は言い返しそうになった。だって、そんなでかいスコップでやって来られたら、こっちだってやるしかないじゃないっすか、逮捕して下さいよー、と、佐古が甘えた声を出した。逮捕ってさ、何かスコップってのがさ、凶器って感じが全くしないんだよね、と年配警官はあくびをしながら答えた。

幸男はイヴちゃんと二人で話がしたい旨を年配警官に訴えた。だが年配警官は、幸男のことをイヴちゃんに入れ込んだしつこい客、佐古を色狂いのジジイを追い返した良き店長、と判断した。年配の警官は心底、同情した顔で幸男に言った。

「つまり、イヴちゃんにストーカーしてたってこと?」

「そうです。ストーカーです」幸男が答える前に佐古が答えた。

「違うっ」と幸男は叫んだ。年配警官はめんどくさそうな顔をすると、鷲田にもう一杯とコーヒーのお替りを告げた。スコップで殴ってやろうかと睨みつけた。だが、元も子もなくなると思い直し、幸男はぐっと堪えた。

「お願いだ。イヴちゃんと話をさせてくれ」

「だから無理だって。イヴって子はうちの店にだって何人もいたの」

幸男は立ち上がった。抵抗すると思ったのか、若い方の警官が慌てて押さえつけようとした。幸男の腕を捻《ひね》ろうとしたが、思い切り跳ね除けた。若い警官はよろめいた。年配警官が立ち上がった。が、その前に佐古が怒鳴った。

「おっさん、いい加減にしろって!」

幸男はゆらりと佐古に近づいた。佐古が闘争心丸出しで立ち上がった。表情が一気に狂犬のようになった。幸男は佐古から目をそらさず膝を折り、その場に跪《ひざまず》いた。溝鼠《どぶねずみ》のような色をしたリノリウムの床はひんやりとしていた。

幸男は若い警官にすまない、と謝罪すると、佐古に向かって深く頭を下げた。幸男は財布からイヴちゃんの名刺を取り出した。それを佐古の靴の前に置いた。

「この字をよく見てくれないか。この字を書いたイヴちゃんだ」

佐古は椅子に座り直した。だが、名刺を手に取ろうともしなかった。狂犬のような顔はまだふてぶてしく、崩れることはなかった。幸男は額を床にこすりつけた。

「頼む」

「だから、無理だって」

「……息子が、死んだんだ」

「関係ねーよ」

「自殺だったんだ」

「関係ねーって」

「息子は生命保険をイヴちゃんに残してた」

佐古の顔をじっと見た。突然、何を言いだすんだ、という表情を佐古はした。だが、幸男はもう一度、額を床にこすりつけた。

「何のために生きてきたんだ？　俺は浩一が怖かった、浩一から逃げたんだ。知りたいんだ、何でもいいんだ。この通りだ」

俺はソープランドの店長に向かって何を言っているのだ。いつの間にか自分の口が勝手に喋っていた。いや、違う。これが俺の本音なのだ。

幸男は今、ようやく気づいた。俺は浩一が、怖かったのだ。あいつが何を考えているかわからず、得体が知れず、不登校で引きこもりの浩一がずっと怖かったのだ。

あの日、俺はとにかく我が家の膠着状態を終わりにすることばかり考えていた。浩一の話をろくに聞かずに、引きこもりという世間の偏見に翻弄され、あいつを病気だと決めつけた。世間体ばかりに気を遣い、社会に出すことが親の使命だと信じて疑わなかった。浩一に手を差し伸べなければいけないのに、浩一をあの部屋から追い出した。

そして、いとも簡単に見限った。

浩一が俺を殴った時、俺は浩一を抱きしめてやればよかったのだ。浩一が去った時、俺は浩一を追いかければよかったのだ。

何が浩一を見守っていただ、何が浩一のことを知りたかっただ。俺は息子に親の愛情の度合いを量られるのを恐れ、逃げた臆病者なのだ。

今頃になって、浩一との数少ない思い出が走馬灯のように頭の中に流れた。自分が思っていたより浩一と過ごした思い出はたくさんあった。甘い懐かしさに胸が締め付けられた。幸男の体内は浩一で満たされていたことに気づいた。

俺は、浩一の父親なんだ。

気づかないうちに冷たいものが頬に伝わってきた。

遅すぎたその涙は灰色のリノリウムの床を黒く染めあげていた。

妹　富美

泊まっていけば、とさつきさんが言ってくれたが帰ることにした。

まだ知り合って間もない人の家に泊まるのは、何だか気が引けた。それにあんなに感情をぶちまけてしまったので、これ以上さつきさんといるのも恥ずかしかった。今日『分かち合う会』で湧き上がった感情は、自分でも整理できていなかった。あんなに罵詈雑言が出てくるとは思わなかった。子供の悪口みたいで恥ずかしかった。

あと一本電車に乗り遅れていたら終バスに間に合わなかった。バス停に向かって走って行くと、停留所の列に父の姿が見えた。富美はわざとゆっくり歩いた。あんなことがあった後に父と帰るのは何だか億劫だ。父はきっと一番後ろの座席に座るはずだ。富美が前の方に座ればきっと気づかれない。

バスが到着し、客の列が進んだ。ガラン、ガランと金属がアスファルトに叩きつけるような音が聞こえた。乗り込もうとする父の手にはスコップが握られていた。

工業団地前で八割ほどの客が降りたので、それを合図に父が座っている一番後ろの長椅子へ向かった。ガラガラの車内で父の視線を受けたくなかったからだ。父とは一人分席を空けて座った。父は、おうと静かな声で言った。

父は窓外を見たまま黙っている。この間初めて喧嘩した。何から話したらいいのかわからなかった。幼い頃から父と一緒にいるのが苦手だった。富美は、父が四十を超えてから生まれた。ただでさえ髪が薄い父は、同級生の父親より老けて見えた。中学の入学式の時、父と一緒にいるところをクラスメイトに見られた。「富美ちゃんのおじいちゃん、若いね」と言われた。それ以来、富美は父のことを避けた。兄の不登校のことで富美はただでさえ学校で目立っている。これ以上悪目立ちしたくなかった。

兄が死んで、富美と父は二人でいることが多くなった。以前の何倍も多くの時間を父と過ごしている。横目で父を見た。左頬が赤く腫れていた。転んだのだろうか。あと二停留所で我が家に着く。頬のことを聞いてみたいが、父を心配する優しい娘に見えるのも嫌だ。

富美は頬ではなくついスコップを指差した。

「それ、どうしたの？」

父はちらりとスコップに視線をやると、なぜか誇らしげに答えた。

「ソープランドに乗り込んだ」

「……え、殴り込み？」

「ああ。ちょっと脅してやっただけだよ。あいつ、警察なんて呼びやがって」

「何かわかったの？」

「何もわからなかった」

「何だ」

「もう一回行ってみるさ」

「もういいじゃん。今更どうにかなるわけじゃないし」

「浩一、イヴちゃんと結婚するつもりだったのかな」

「はぁ？」

「婚約してるか内縁じゃないと、保険金っておりないらしいんだよ」

とうとう、父の頭がおかしくなったのかと思った。どうやったら結婚という発想になるのだ。頬の傷といい、本当に殴り込んだのかもしれない。だとしたら、父は無茶苦茶だ。なぁ、と言うと父は富美の目をまっすぐ見た。微笑んでいるような穏やかな顔だった。

「あいつ、生きていたんだな」

ボソッと呟くように言うと、父は窓外に目をやった。

「あいつ、生きていたんだよ」

今度は自分に言い聞かせるように言った。

ソープランドまで乗り込んだ父。一切読書をしなかったのに兄の部屋にあった『スタンド・バイ・ミー』を少しずつ読む父。以前の富美だったらそれは父の思いつきや、奇行にしか見えなかった。だが、それは父にとって兄の生きた軌跡をたどる作業ではないのだろうか。父は今、兄との時間を過ごしている。いや、取り戻そうとしている。親にとって子供はやはり特別な存在なのだろうか。富美は初めてそんな風に父を見た。

「お父さん」

「何だ」

「早く、二万円返してね」

また、変な言葉をかけてしまった。

父はああ、とタバコ代を借りていたみたいな気の抜けた返事をした。

父　幸男

黒のビキニが豊満過ぎる胸と尻ではち切れそうになっていた。背景が江ノ島というのが何だか安っぽい。昔のビニ本を想像させる。ちょっと、そんなにジロジロ見ないでよ、いやらしい、と悠子に咎められた。ちょっと、待て。俺は今日初めて見る博君の婚約者がどんな女性か見定めようと、注意深く凝視していたのだ。その彼女が写っているスマホを富美が取り上げた。

「おじさんっていくつだっけ？」

「四十八」

「彼女は？」

「ハタチ」

おおーっ、と三人で同時に声を上げた。若い、若すぎる。二十歳とは富美と変わらないではないか。へへへへへへへへ、と博君はまるで締まりのない声を上げて笑った。一体どうやって口説いたのだろうか。しかも彼女は外国人だ。幸男にとって外国人女性イコールハリウッド女優か機嫌の悪いコンビニ店員だ。金好きか高慢なイメージしかない。家事はちゃんとできるのだろうか。幸男は思わずもう一度、スマホを覗き込んだ。化粧が濃く派手な顔をしている。外国人パブで知り合った女性に騙されているのではないかと心配になった。馴れ初めを博君に聞きたいが、聞きづらい。だが、その壁は富美があっさりと突破してくれた。

「ねえねえ、どこで知り合ったの？」

「タンゴ教室。彼女インストラクター目指してんのよ」

おおーっ、と再び三人で同時に声を上げた。彼女が悪女であるという考えはすぐに打ち消された。よくよく考えると借金まみれの博君と結婚するということは、むしろ見上げた女性なのではないだろうか。悠子が少し哀しい表情をしていた。この姉弟は父子家庭で育ち、悠子が博君を育てた。きっと可愛い弟が巣立つのが寂しいのだろう。

「もー何で黙ってたのよ？　式は？　挙げないの？」

「黙ってたのよって、姉ちゃん寝たきりだったでしょ？」

「ああ、そっか」

「式はまあいいかなって、金ないし」

へへへへへへ、と博君はまた笑った。博君は、本当は悠子に相談したかったに違いない。悠子は改めて博君に向かって、おめでとう、と言った。でも、やっぱり式は挙げた方がいいって、とそこだけ悠子は強く主張した。


祝儀袋を買うのをすっかり忘れていた。すぐ近くのコンビニで買ってきたペラペラの祝儀袋に現金を包もうとしたら、悠子に怒られた。でも、袋より祝儀が分厚いのが重要だと言うと、そういうことじゃないとまた怒られた。最近、悠子はすぐ機嫌が悪くなる。更年期障害はもう終えたはずだ。先日の喧嘩のことをまだ怒っているのだろうか。

この間、上着が見当たらないと言うと、古臭いデザインだから捨てた、と氷のような顔で言われた。明らかに不機嫌が原因の八つ当たりだ。博君から宅配便の嘘がバレそうになって、大量のソーメンを出されたと言われた。悠子は何かしら気づき始めているのかもしれない。

幸男は家の表に横付けしておいた車に乗り込むと、助手席に座っている博君に祝儀袋を渡した。

「ちょっと、ちょっと分厚くないですか？」

「幸せになってください」

幸男は心から、このお調子者の義弟の幸せを祈った。

博君を駅まで送ると言うと、富美も付いてきた。後部座席から首を伸ばして根掘り葉掘り彼女のことを博君に尋ねていた。外国人だからキスは毎日するの？　だの、アイラブユーって言うの？　だの、質問に全く遠慮がなかった。

「あれ、幸男さん窓ガラス直したんですか？」

「ああ」

先日、真新しいガラスに入れ替えた。今まで直さなかったのは、あの時のことを忘れないため、自分を罰し戒めるためだった。だが、それは小さな自己満足に過ぎないと気づいた。悠子にも事情を聞かれる。結局、嘘をつき続けなければならない。悠子と富美にはいつか真実を話そうと決めていた。

「やっと直したんだよ。ずっとケチってビニールでさぁ」

最近、富美が軽口を叩くようになった気がする。以前だったら幸男とは口をききもしなかった。家族が一人減るということは、家族の距離が一人分近くなるのだろうか。幸男は子供たちに随分甘えていた。仕事をしている時は、しかたがない。今は一緒に過ごせなくても二人が大人になったら、ゆっくり話せるようになると勝手に思っていた。だが、未来を先延ばしにしていた結果、未来そのものを失ってしまった。

「幸男さん、実は岐阜に引っ越そうと思ってるんです」

「え、岐阜？」

「はい。会社の事業を飛騨牛一本に絞ろうかと思って。それで一つ困ったことが……アルゼンチンからは撤退します。北別府君も実家を継ぐことになって」

「え、北別府君って？」

「お兄ちゃんのフリして、手紙を書いてた人」

ああ、元車エビの職人さんか。博君の会社のアルゼンチン駐在員で、手紙を日本に郵送してくれている。

「もうアルゼンチンから手紙が送れなくなります。幸男さん、ここを離れて姉ちゃんと名古屋に住むの、僕いいことだと思いますよ」

博君はめったに見せない真面目な表情で言った。

「忘れることは罪じゃないですよ」

長い時間、喉元にずっと詰まっていた小骨がすっと取れた気がした。不思議なほど気持ちが楽になった。浩一が博君に心を許していたのもわかった気がした。

「幸せになってください」

やっと家族を持つことになった義弟は幸男がさっき言った台詞をそのまま返してきた。バックミラーで富美を見ると拗ねたような顔をしていた。

いち早く綿毛になったタンポポが夕日に照らされ、オレンジ色に染まっていた。それらを踏まないようによもぎを刈っていく。よもぎ餅の作り方は、幸男の母が生前悠子に教えた。まだ母が生きていた頃は家族みんなでこの川原でよもぎを採り、悠子と母がタネをこねた。

悠子は慣れた手つきでどんどんよもぎを刈っていく。浩一が帰国した時のためによもぎ餅を作り置いておくという。冷凍庫一杯に餅を作る気だろうか？　夜な夜な餅をこね、ラップに一つ一つ餅を包み、冷凍庫にびっしりとよもぎ餅を詰めている悠子の姿を想像すると、胸は痛むがつい微笑ましくなる。

ふと幸男が顔を上げると、刈り取ったよもぎを手にしたまま、悠子が空を見上げていた。春風のように穏やかな顔をしていた。富美も悠子の様子に気づき、同じ方向を見た。

「あ、コウモリ」富美が嬉しそうに声をあげた。

「鳥だろ」コウモリがそんな簡単に見られる生き物かと思った。だがよく見ると、鳥にしては羽ばたく回数がやたら多く、ジグザグに飛んでいる。滑空しているというよりは、翼をパタパタ動かすことでどうにか宙に浮かんでいるように見えた。

「ううん、コウモリだよ。この辺多いんだよ」

十五年近くここに住んでいるのにコウモリなんて初めて見た。

「お兄ちゃん、屋根裏に吸血コウモリ飼ってたんだよ」

「吸血コウモリ?」そういえば、博君が浩一と最後に交わした会話に吸血コウモリが出てきたことを思い出した。日本に吸血コウモリなんているのだろうか。

「朝になるとアルゼンチンから帰ってくるんだって。小学生の時ね、お兄ちゃんと徹夜してコウモリが帰ってくるの待ってたの。だけど、あたし爆睡しちゃって。気づいたら朝。お兄ちゃん朝になっても起こしてくれないんだもん。それなのにお兄ちゃんは『俺は見た』ってドヤ顔すんだよ。あれ、絶対嘘だよ」

富美は浩一のことを話しているのに、珍しく楽しそうだ。小さい時は、よく子分のように浩一の後ろについて遊んでいたものだ。

「嘘じゃないわ、本当よ。富美もお父さんもコウモリ見たじゃない。あたしが富美のことを起こしたから、よーく覚えてる」

「え？　お父さんとお母さんはいなかったよ。だって、夜更かしするから黙ってろってお兄ちゃんに言われたし」

「ううん。おにぎりと卵焼き作ってみんなでコウモリ見たの、よーく覚えてる。楽しい思い出。朝日がとっても綺麗だったー」

悠子が幸せそうな顔で同意を求めてきた。幸男は全く覚えていなかった。自分の記憶力の悪さと家族との時間をないがしろにしていたことを、またしても猛省した。

「そんなことあったかもな」

「ありましたよ。何でもすぐ忘れちゃうんだから」

幸男の中途半端な同意が逆に墓穴を掘った。富美が自分たちを見て笑っていた。三人で笑うなんて久しぶりだった。厳しい冬を越えた円い夕日が三人を照らしていた。

全くなんて忘れっぽい二人なのだろうか。あの日のことは今でも鮮明に覚えている。あたしと浩一は頑張って朝まで起きていた。なのに富美と幸男は眠気に耐えられず、先に寝てしまった。ほんのり空が明るくなってきた時、そろそろだよと浩一が言うので、二人を起こして窓を開けた。川原から流れてきた早朝の匂いがする風が、悠子の髪をなびかせた。吐いた息が白かったことを今でも覚えている。

幸男の忘れっぽさは今に始まったことではない。悠子の誕生日や結婚記念日でさえ忘れる夫なのだ。それなのに会社で開発した包あん機がテレビで紹介される放送日だけはちゃっかり覚えていた。富美なんて、お父さんとお母さんはいなかったなんてよく言えたものだ。あたしが作った卵焼きとあおさの味噌汁をあんなに美味しそうに食べていたくせに。家族をないがしろにしすぎだ。まあ、まだ若いからしょうがない。だが、家族に感謝しない女は嫁の貰い手がなくなる。大学を卒業したら本格的に女性としてのたしなみを教えなければならない。

それにしても、フランシスカという博の嫁は大丈夫だろうか？　結婚式をするお金がないというので、博が岐阜に引っ越す前に家で二人のお披露目パーティーをすることになった。

打ち合わせを兼ねて、博とフランシスカとファミレスで食事をした。フランシスカは挨拶もそこそこに、いきなり五百グラムもあるサーロインステーキを頼んだ。それだけでは足らず、大盛りのエビのサラダとカルボナーラとフライドポテト、最後にティラミスまで頼んだ。フランシスカが頼んだ料理だけで七千円を超えた。それなのに「ヒロシ、オージービーフハカタイネ」などと言い出す始末だ。家族と友人だけのパーティーなのに、アルゼンチンタンゴを踊りたいだの、ドレスはグッチじゃなければ嫌だの、食事はフランス料理のケータリングをお願いしますだの、リクエストが多かった。グッチなんて借りられる予算あるの？　と博に聞くとへへへへへへへへへへへへ、と笑ってごまかした。

ファミレスの勘定を幸男が済ませたのに、フランシスカはごちそうさまも言わず、当然という顔をして、大きな尻を振りながら、博と腕を組んで帰ってしまった。あれがこれから身内になるのかと思うと気が重くなってきた。

今、その大きな尻が富美の部屋で上下に揺れていた。レンタルしたグッチのドレスが大玉のスイカのような尻を包みきれなくなっている。フランシスカが「ホワイ、ホワイ！」

とサイズ違いを、借りてきた富美に猛抗議している。富美が「グッチ、マックスビッグサイズ！」と、大きな声で反論していた。あんな座布団のようなステーキを食べるからだ、と悠子は冷徹な目でフランシスカの巨大な尻を見ていた。博が襖の外から大丈夫、フランシスカ？　と声をかけたのと当時に、ビリッと大きな音がしてグッチのドレスが二つに裂けた。富美が口をあんぐりとさせた。悠子は笑いを堪えるのに必死だった。どう考えてもこの日のためにダイエットしないフランシスカが悪い。

「あーあー買い取りだよ、これ」富美が決定打となる台詞を吐いた。同時にフランシスカは大粒の涙をポロポロ流した。しょうがないじゃない、泣くんじゃないのと悠子は慰めた。富美、近所で貸し衣裳屋がないか探してみてよ。えーこんな田舎に貸し衣裳屋なんてないって、と富美が弱音を吐いた。「女の一生に一度の晴れ舞台なの、探しなさい！」と悠子は怒鳴った。悠子の形相に恐れをなしたのか、フランシスカはまた泣いた。

駅から少し外れたシャッター商店街の中に貸し衣裳屋はあった。閉店セールをやっていたのでかなり安くレンタルができた。富美はまずフランシスカ用に特大のサイズを押さえた。彼女のプライドがこれ以上傷つかないように、予備として小さいサイズのドレスも三点借りた。

「コレガイチバン、アタシニ、ニアイマスヨ」と言って一番大きいドレスを手に取った。

似合うというより、そのドレスしか入らないだろう。案の定、尻は超ギリギリのサイズだった。フランシスカはアリガトウゴザイマス、と富美と悠子に抱きついた。そうして、何とか結婚パーティーは無事開催できたのだ。

見事なやぎ髭を生やした外国人男性がバンドネオンを奏でながら入場してきた。みんながつられて手拍子を始めると、博とフランシスカがタンゴを踊りながら入場してきた。みんなから割れんばかりの拍手が起こった。だが、いかんせん博はタンゴの初心者。基礎に忠実に踊ろうとする。まるでロボットが踊っているようにカチコチだ。お披露目パーティーの会場である我が家の和室は、爆笑に包まれた。悠子は弟の晴れ舞台に手が痛くなるほど拍子をした。驚くことに、あれほど博を毛嫌いしていた君子さんが何と二人と一緒に踊り始めたのだった。悠子は今が一番幸せだと思った。ダメな弟と遅咲きの息子がようやく自立した。富美もいつか結婚する日がやってくるだろう。できれば相手は堅い仕事に就いている人にして欲しいけど。

踊りが終わったところで歓談タイムとなった。呼び鈴が鳴ったので悠子は玄関に向かった。頼んでいた荷物が二つ届いた。グッドタイミングだ。この隙に隠してしまおう。悠子はまず最初に使う、大きな方を台所に置いた。小さい方は冷蔵庫に入れておくとしよう。少し図々しいと思ったが、やはり頼んでおいてよかった。お祝い事は多いに越したことはない。富美の件もこれで解決するだろう。うちの家族が少し出しゃばる分は、あたしのスピーチで博を立てればいい。きっと、博の株も上がるはずだ。これぞ、幸せの相乗効果だ。

冷蔵庫の扉を開けた時だった。

「何してんだ?」悠子が振り向くと幸男が後ろに立っていた。しまった、見られたか。でも幸男にバレるのは構わないか。

「少し早いけど、サプライズ」

「え、何の?」

幸男は世界を初めて見た子犬のような目をしていた。「旦那さんって優しそうな目をしていますね」とよく言われた。優しそうな人は大抵優しくない。悠子は幸男と結婚して身に沁みていた。

「もしかして忘れてる?」

「え? 何を?」

完全に忘れている。というか覚える気がないのだろう。最近は仕事をセーブし家族のために時間を割いているように見えた。だが、ソープランドの件をもみ消そうとするためのカモフラージュかもしれない。さっきから幸男はフランシスカの尻をずっと見ている気がする。一度は離婚という考えが頭をよぎったが、悠子は何とか引っ込めた。しかし、再検討すべきだ。悠子は再び氷の仮面を被り、幸男を睨みつけながら和室に戻っていった。

妹　富美

まるでエミール・クストリッツァの映画の中にいるようだった。博おじさんとフランシスカの友達は外国人も多く、終始華やかで賑やかだった。その友人たちの生演奏による多国籍の音楽は、富美を全く飽きさせなかった。不思議と気持ちが高ぶり、誰かと話したくなる。さっきまでわがままだったフランシスカが愛おしかった。今日は博おじさんを徹底して祝福してあげよう。富美はこんな気持ちになったのは久しぶりだった。

絶対あの人だ。縁側でこちらに背を向けて座っている。甘酢に漬かりきったラッキョウのような禿頭《とくとう》が真っ赤に染まっていた。一度メールで写真を交換したから間違いない。北別府さんだ。一人でビールを飲んでいる。アルゼンチンから引き揚げてきたばかりだからか、誰も話し相手がいないのだろう。富美は驚かせようとそっと近づいて、どうぞー、とおどけてビールを差し出した。北別府さんは忍者のような素早い動きでかしこまり、姿勢を正した。富美はその素早い動きに思わず笑ってしまった。

「あの、北別府と申します」

「やっぱり北別府さん？　富美です、妹の」

「あっ、富美さんですか？　やっと会えましたね」

北別府さんは大袈裟に手を叩いて富美を指差した。メールでしかやりとりしていないが二人は戦友のようにハイタッチをした。想像通り愛嬌があって人がよさそうだった。が、酒臭い。すでにビールの空き瓶が二本縁側に転がっている。北別府さんは酔っ払うと片っ端から女性を口説くと、博おじさんが言っていた。さっきから富美の胸にチラチラ視線を送っている。

「本当にお世話になりました。北別府さんが書いてくれた手紙のお陰で母は何とか」

「いえいえ。お役に立ててよかったです」

「ありがとうございました」

「あの、お兄さんって本当はどこにいるんですか？」

「え？　おじさんから兄のことは何も聞いていないんですか？」

北別府さんがキョトンとした表情をした。そうか、すっかり知っているものだと思っていた。博おじさんは北別府さんに重すぎる事実を敢えて伝えなかったのかもしれない。だったら、下手なことは言わないでおこう。ややこしいことになる。富美は北別府さんのコップに、もう一杯どうぞー、と注ぎ足しお茶を濁した。グッドタイミングで大きな拍手が鳴った。富美が振り向くと、博おじさんとフランシスカが踊りを終えてポーズを決めていた。

「よ、ご両人！」と、北別府さんは独裁者のような拍手をしながら、二人のところに向かった。

母が頼んだウエディングケーキに博おじさんとフランシスカが入刀した。フランシスカは料理を容赦なく食べるので、ドレスがまた二つに割けるのではないかと富美は終始ハラハラしていた。夫婦の共同作業は無事終了した。富美はビデオカメラで二人がキスをする瞬間をバッチリ収めた。一斉に拍手が起こり、富美も手が痛くなるほど拍手をした。

「ワタシハ、ヒロシサンチ、チョーアイシテマス。オシドリフウフヤリマス。フツツカモノデスガ、ヨロシクオネガイシマス」フランシスカが右拳を左の掌に当ててみんなの前で礼をした。それ、中国拳法の抱拳礼だけど。みんなが爆笑した。

「今日はみなさん無礼講でね。飲み放題なんで。たくさん飲んでください。へへへへへへへへへ」博おじさんもフランシスカと同じく抱拳礼で返した。挨拶が終わると博おじさんは母にマイクを手渡した。

「みなさん初めましして。博の姉の悠子と申します。本日は弟の博とフランシスカさんの結婚パーティーにおいで下さり誠にありがとうございます。今日から私たちは、ずっと家族です」

「ズットカゾク」

フランシスカが母に抱きついた。母も新しい家族をしっかりと受け止めた。ビデオカメラのモニターを見ていた富美は二人に奇妙な違和感を覚えた。

「ここで少しだけ私たち家族のことについて話をさせてください。実は長男の浩一は長い間引きこもりでした。浩一は繊細な性格だったので、私たち家族は浩一を信じ見守りました。現在、浩一は引きこもりから立ち直り、単身アルゼンチンに渡り、博の会社で一生懸命働いています。全部、ここにいる素敵な花婿のお陰です。博、本当にありがとう。フランシスカさんを幸せにしてね」

みんなが大きな拍手をした。カメラを覗いていた富美は先ほど感じた違和感の正体にやっと気づいた。最初はフランシスカに嫉妬したのかと思っていた。富美はフランシスカという、新しい家族が入ってくるまで、我が家がどんな家族なのか気にもしなかった。だが今やっとその正体を目の当たりにした。

ここは廃業寸前のインチキサーカス団だ。舞台と客席はその場しのぎで作った段ボール製だ。母は悪徳団長に騙されて連れて来られた憐れな道化師《ピエロ》だ。

母はその場しのぎの舞台にもかかわらず必死に踊り、愛を伝えた。その姿は懸命で、空回りしていて、憐れだった。悪徳団長が作った台本が最悪だったからだ。だが、道化師の熱演は台本の拙《つたな》さを軽々と飛び越えた。奇跡的にも観客の心を打ったのだ。

今、兄は客に承認された。引きこもりをやめ、アルゼンチンで働く鈴木家の長男として。そして、私たちは引きこもりの兄を立ち直らせた、心優しい家族となった。拍手喝采を浴びた道化師は満面の笑顔だった。今、間違いなくこの世で一番幸せな母親だろう。

「今日は二人の結婚パーティーですが、実は来週は浩一の誕生日でもあるんです」

誕生日——

忘れていた、兄の誕生日など。

この世を去った者の誕生日なんて。

母は台所から白い小ぶりな箱を持ってくると、蓋を取った。そこには、あの日と全く同じバースデーケーキがあった。

「アルゼンチンで頑張っている浩一にもエールを送りたいと思います。差し出がましいようですがこの会に便乗させて下さい。富美、撮ってる？　浩一にビデオレター」

富美は言われるがままビデオカメラでケーキをズームアップした。モニターには『誕生日おめでとう　浩一』とチョコのプレートが映し出されていた。

「ハッピーバースデートゥーユー」

母の透き通ったソプラノの声に、富美の体は硬直した。

「ほら、富美も歌いなさい」

母はあの日と全く同じことを言ってきた。まるで再現ＶＴＲを見ているかのようで呆然とした。母は富美の顔を見て、あの日のことを思い出したのだろう。すぐに諦め、新しい家族の手を取った。そして、みんなも母と共に合唱した。こんな誕生会は見たことがなかった。歌っていないのはあたしたち家族だけだったからだ。

「ハッピーバースデートゥーユー　ハッピーバースデートゥーユー　ハッピーバースデーディアー浩一ー　ハッピーバースデートゥーユー」

「ズットカゾク！」

フランシスカが高らかに宣誓した。会場は盛大な拍手に包まれた。更に拍手をお客に求めるかのように、母は富美に呼びかけた。

「富美、代わりに消して。これで浩一と仲直り、ね？」

母は本気で言っているのだろうか。富美や父を試しているのではないだろうか？　もしかして、記憶はとっくに戻っているのではないだろうか？　違う。母の無垢な目はまっすぐあたしを見ている。母はあたしと兄が昔みたいな仲に戻るとずっと信じていたのだ、用意周到な計画までして。何てウザい親なのだろう。

だが、富美は母の前ではまだまだ小さな子供だということにようやく気づいた。

今まで兄を恥じた自分を恥じた。母を恥じた自分を恥じた。家族を恥じた自分を恥じた。

もう終わりにしよう。このままでは家族そのものが嘘になってしまう。

ビデオカメラのスイッチを切った。道化師の姿がスッと消えた。

富美は目の前にいる、無垢な母を見つめた。もう目をそらさない。バースデーケーキのロウソクがゆらりと揺れた。

「あたし、お母さんのことずっとダメな人だと思ってた。いつもお兄ちゃんの機嫌伺ってるみたいで。惨めな人だなって。あたしなんてお兄ちゃんが引きこもってることが恥ずかしくて、ずっと誰にも言えなかった。でも、お母さんはあたしと全然違う。あたし、今まで何やってたんだろ」

ガタンと椅子がひっくり返る音がした。博おじさんが血相を変えて立ち上がっていた。

「感極まりすぎだよっ、富美！　ほら、フーして、フー！」

パーティーを台無しにしてごめんね。心の中で博おじさんに謝った。

「お母さん。お兄ちゃんはね、アルゼンチンにはいない。おじさんの会社でも働いていない。あたし、お母さんに嘘ついてた。ごめんなさい」

母は呆けたような顔をしていた。あたしが言ったことをまるで信じていない。そうだよね、お母さんってやっぱりすごい。

どうしてお母さんはお兄ちゃんをそんなに信じられるの？

どうしてお母さんはお兄ちゃんをそんなに愛せるの？

ねえ、お母さん教えて。

母　悠子

どうして富美は家族なのに浩一を信じられないのだろう?

どうして富美は浩一を素直に愛せないのだろう?

ねえ、富美教えて。

結局、意地っ張りなのよね。富美は何度促しても歌わなかった。二年前もそうだった。だけど、お母さんにはわかっているのよ。富美は浩一のことが本当は好きなの。引きこもったことで浩一は変わってしまったと思い込んでいる。でも、浩一は何も変わっていない。富美は自分で鎧を勝手に身にまとっている。その鎧を取ってしまえば楽になれる。ここには浩一はいない。恥ずかしくなんかない。過去のことなんてロウソクの火と一緒に消してしまえばいいのよ。

富美が突然、お兄ちゃんはアルゼンチンにいない、と言った時は拍子抜けした。何を言い出すのよ。浩一がアルゼンチンにいない? じゃあ、今までの手紙は何だったの。一瞬、ドッキリかと思った。だが、富美はあまりにも切実な顔をしていた。

「富美、今日は博君のおめでたい日だ」

富美にあんなに優しい声をかける幸男を、悠子は初めて見た。富美は幸男の言葉に素直にうなずいた。そして悠子に「ごめんなさい」と深く頭を下げた。二人ともらしくない。富美が何を謝っているのか悠子には全く理解できなかった。

「どうもすいませんでした!!」

突然、縁側から大きな声が聞こえた。ラッキョウみたいな頭の形をした男が、小学生のように挙手していた。赤ら顔で両目から大粒の涙を流している。確か浩一と一緒に働いていた人だ。

「全部俺のせいなんです。浩一さんのふりして、お母さんに手紙書いていたの俺なんです。みんなお母さんが退院した時、安心させたかったんですよ。浩一さんが引きこもりやめて働いてるって。だけど、俺はお母さんに嘘の手紙書いてて、チョー罪悪感あって」

「北別府、酔ってんだろ。ちょっと休め、な」

「俺は酔ってないっすっ!」

足元にワインボトルが二本も転がっていた。酔っ払いの戯言《ざれごと》もいいところだ。

浩一の手紙はあの人が書いていた? あんな誠実で清潔な文章をあの人が書いたとは到底思えなかった。早くなだめてこの酔っ払いを追っ払ってしまおう。

「浩一はアルゼンチンにいないの?」

「はい。赤エビなんて真っ赤な嘘です。赤エビだけにっ！　わはははははは」

誰も笑わなかった。

「じゃあ、どこにいるの？」

北別府はうーん、と考えワインをラッパ飲みした。そして、あばれはっちゃくが逆立ちを終えた後のように目を見開き、ひらめいたという顔をした。

「俺わかった、浩一がどこにいるか。ズバリ、部屋でしょ！」

そして、浩一の部屋どこっすか？　と座卓の上にドカドカと乗り上げ部屋を出て行こうとした。

「おい、やめろって」博が北別府の前に立ちふさがった。

「やめませんよっ！　前々から浩一に一言言ってやりたいって思ってたんだよ。説教だぞ。あんにゃろーめ、こんにゃろー」

「やめろって！」

「お、花婿やるんすか？」

北別府が博に向かって大きなゲップをした。堪忍袋の緒が切れた博が北別府の胸ぐらを摑んだ。花婿自らが無礼講になった。北別府は乱暴に博の手を振りほどき軽やかに三歩後退した。そして、『マトリックス』のキアヌ・リーヴスのごとく博を手招きで挑発した。

禿頭の男はキアヌ・リーヴスとは程遠く、少林寺の修行僧にしか見えなかった。やれっ、やれっ、と男たちが博を囃し立てた。引くに引けなくなった博はボクシングスタイルで北別府と対峙した。博は子供の時から、喧嘩をして勝ったことが一度もない。あんな丸太のような腕の男に口だけの博が勝てるわけがない。

「よーし、のこった！」なぜか北別府は相撲の行司の掛け声をかけた。博は慌てて相撲スタイルに変更したため、先手を打った北別府にまわし部分を取られた。パーティー会場は土俵と化した。だが、それも一瞬だった。

がしゃんと、コップが倒れる音がして、悲鳴が上がった。

花婿は宙を舞った。

どしん、と畳の上に博が落下してきた。仰向けに倒れ、泡を吹いていた。ああ、後世に語り継がれる結婚パーティーになってしまった。

「ヒロシッ！」と、フランシスカが博に駆け寄った。

「前々からお前のこと嫌いだったんだよ！」

大体、俺が先にフランシスカに電話番号聞いたのに、何なんだよ、何で俺までこんなパーティーに参加しなきゃいけねーんだよ、わざとかよっ！　北別府は真っ赤な顔で興奮している。餌を取り上げられた猿のように興奮して手がつけられなくなっていた。

「家族みんなが誕生日祝ってんのに、引きこもってるってどういうことだ！　おーい、コーイチ、君は家族に愛されてるよ。直ちに出てきなさい！」

北別府はドンドンドンドンと足音を立てながら二階に上がっていった。富美が後を追いかけた。北別府が富美の部屋に侵入しているのが階下まで聞こえてきた。博の同僚とはいえ結婚パーティーを無茶苦茶にして、しかも初めて会った女の子の部屋に入るなんていくら何でも無礼過ぎる。

初めて会った？

悠子は今更、酔っ払いの戯言が気になり始めた。そういえば、富美と北別府は初めて会ったようには見えなかった。むしろ何度か会っているような雰囲気だった。富美のさっきの発言もおかしい。あたしと浩一の関係性が、すでに過去のものとして語られている。全ての出来事はとっくに終わっているかのような言い方だった。浩一が存在しているようで、していない。しかも、黙って聞いていた幸男と君子さんの様子もおかしい。博も異常に慌てていた。あれは嘘をついている時の博だ。もしかして、北別府が言っていることは本当なのだろうか？

だけど、何のために？

ぐわん、と頭の奥底で地鳴りのような音がした。頭が痛い。

浩一はアルゼンチンにいない、と富美は言っていた。じゃあどこに？
ぐわん、また頭が痛くなった。

考えようとすると脳への接続が拒否された。確かにおかしなところはいくつもあった。あの手紙は浩一が書いたものに違いない。あの子の文章は小学生の頃からユーモアとウイットに富んでいて、情景がすぐに思い浮ぶ。だが、それはあくまで引きこもる前の話だ。あたしのために入院費を稼ぐという男らしい行動も素直に嬉しかった。だが、その心変わりは出来過ぎのような気もした。浩一が引きこもりをやめる時は、何かを決断した時だと思っていた。それは仕事を始めるとか、夢を目指すとか、ヴィジョンをしっかりと見据えた時だ。あの子は一度決めたらまっすぐに突き進む強さを持っている。だが、その理由が自分のためというより、あたしのためというのが解せなかった。だがそんな小さな疑問よりも浩一の優しさが、悠子は嬉しかった。だから、気にしなかった、気にしないようにした。

まさか、手紙が偽物なんて。
だけど、何のために？
博があたしを元気づけようとしたから？
では、あたしへの返事は誰がしたの？

そういえば、浩一に手紙を出す時は富美にアルゼンチンの住所を書いてもらい、郵便局へ出しに行ってもらっていた。富美はあたしの手紙を開けて、読んでいたのではないか？富美が浩一の代わりに手紙を書いていた――

階段の踊り場まで上がっていくと、北別府が浩一の部屋へ入っていくのが見えた。富美が必死に北別府に摑みかかって止めていた。富美、何やってるの。危ないからその男から離れなさい。浩一は部屋になんかいない。

じゃあ、浩一はどこにいるの？

アルゼンチンに決まっている。

でも、あたしは一度も浩一の姿を見ていない。

ピンポンパンポン。

外から町内放送の前奏が聞こえてきた。この町内では十三時のお知らせと十七時の帰宅を促す放送がかかる。今かかってるのは十七時の放送だ。

ぐわん、ぐわん。頭が痛い。

そういえばあの時も町内放送が聞こえた。あの時、あの時って？

こうやって浩一の部屋の前に立った時だ。

悠子は『徹子の部屋』が終わると昼食の準備を始める。作り終えて浩一の部屋の前に立ち、お昼よ、と声をかけると、毎回十三時の町内放送が聞こえてくる。あの妙に呑気な前奏は何度聞いても腹が立つ。浩一の部屋をノックするのが憂鬱になるのだ。

「浩一！　どこに隠れているんだ！」

北別府が浩一の部屋の観音開きの洋服ダンスを開けた。何で浩一がそんなところに隠れているのよ、この酔っ払い。

ゴトン、と何かが落ちた。紫色の風呂敷に包まれた桐の箱だ。その脇から浩一の写真が見えた。何であんなに大きな写真があるのかしら。まるで遺影じゃない。幸男が駆け寄ってその写真を手に取り、桐箱と一緒に風呂敷で包み直した。幸男はその体勢のまま背中で風呂敷包みを隠し、悠子に見せないようにしていた。

「浩一！　どこに隠れてんだ！」

北別府が浩一の勉強机や棚をめったやたらに開けている。

ピンポンパンポン、ぐわんぐわん。

うるさいっ！

頭の中で町内放送の前奏が反響していた。頭が猛烈に痛かった。オルゴールで奏でられた前奏が造船所で重機が鉄を叩きつける音のように、ぐんにゃりと変調した。浩一の二間続きの部屋は、西日が沈んですっかり薄暗くなっていた。自分の心臓が早鐘を打つのがわかった。

　ピンポンパンポン、ぐわんぐわんぐわん。

「ここだなー」

「やめてよ！」

　北別府が奥の部屋の押入れを開けた。富美が叫ぶのも構わず、押入れによじ登り天袋の戸を開けた。

「おい、浩一！」

　北別府はまるで小熊を洞窟へ追い詰めた猟犬のように、天袋に禿頭を突っ込んだ。うわーっ、という声とともに禿頭が弾丸のように吹き飛んだ。北別府は天袋の襖を持ったままアコースティックギターの上に落下した。

　薄闇を何かが飛んでいた。

　最初、それは蝶に見えた。だが、蝶にしては飛び方が軽やかではなかった。天袋から飛び出してきた生き物はコウモリだった。

　パタパタパタ、ピンポンパンポン。ぐわんぐわんぐわん。

　コウモリの羽音と町内放送の音が混じり合い、遂に一つの音楽となった。

　音楽は、悠子の頭の中を縦横無尽に駆け巡っていった。それは悠子にだけわかる符《ふ》牒《ちょう》となり、閉ざされた扉を開く鍵となった。錆付いていた鍵穴に、潤滑油が塗られた鍵がするりと挿し込まれ、錆はゆるりと融けた。そして、鍵はいとも簡単に回った。

扉が開いた。

悠子の脳内に、記憶の断片が激流となって流れ込んできた。そして、断片は激流の中で素早くパズルのように組み立てられていった。目の前でビデオテープが巻き戻されるかのようにシュルシュルと音を立て時間が巻き戻った。一瞬であの日に何が起こったかを思い出すことができた。

そうだ、あの時あたしは見た。浩一の部屋で、コウモリを——

パタ、パタ、パタ、ピン、ポン、パン、ポン、ぐわん、ぐわん、ぐわん。

ルールル、ルルル、ルールル、ルルル、るーるーるーるーるーるるー。

脳内で町内放送の前奏が『徹子の部屋』の前奏にすり替わっていった。

あの日の『徹子の部屋』のゲストは誰だったたっけ？

悠子はそれだけが思い出せなかった。

手袋を家に忘れてきてしまった。そもそもそんなに遠出する予定ではなかった。

もうかれこれ三十分も自転車のハンドルを握る悠子の手はかじかんでいた。『徹子の部屋』が始まる十二時には間に合わないだろうな。近所のスーパーイケダヤに行くと、オタフクソースは全て売り切れていた。悠子は自宅から遠く離れたいなげやまで自転車を漕いで行った。オムレツにはどうしてもオタフクソースが必要だったからだ。

悠子は帰宅すると台所にあるテレビをつけた。番組の前奏は終わっていて、タマネギ頭の黒柳さんが映った。いつものように『徹子の部屋』を観終えるとお昼ご飯を作り始めた。みじん切りにしたタマネギとひき肉を炒め、塩胡椒をふった。バターを溶かしたフライパンでかき混ぜた卵を熱すると、甘い香りが台所を満たした。ひき肉たちをふんわりと焼きあがった卵で包んだ。オタフクソースは、お好みでかけられるようにリビングに持っていくことにしよう。

「浩一はどうしてオムレツにオタフクソースをかけるようになったんだっけ？　お母さん覚えていないのよね」

頭の中で繰り返し練習した。浩一がどうしてオタフクソースを好きになったのかは実は昨日、富美から聞いて思い出していた。

二人がまだ小学生の時、悠子は夕食にオムレツを作った。悠子はケチャップが残りわずかになっていることをすっかり忘れていた。富美はオムレツにケチャップをかけないと絶対に食べない。浩一はケチャップを富美に譲り、代わりにオタフクソースをオムレツにかけた。

「お兄ちゃんオムレツにオタフクソースって変なの」と何も知らない富美がケチャップで口を真っ赤にしながら笑っていた。悠子はかわいい兄妹だな、と我が子ながら思った。会話の糸口を作るためにオムレツを作ったと思われないよう、さらっと話しかけよう。悠子は昨晩の残りの肉じゃがとお浸しをテーブルに並べると、階段を上った。

引き戸の前に立つといつも緊張する。浩一は自分の部屋で食べることが大半だが、調子が良ければ下のリビングで食べることもある。食べながら今読んでいる本の話をすることもあれば、仕事の話をすることもある。

以前、辞めてしまった冷蔵庫工場の話になった。暑い工場での肉体労働は、浩一には向いていなかったようだ。浩一には単純作業のような仕事ではなく、個性を大切にする職業が向いているのは間違いない。だが、このご時世に正社員の話など中々あるものではない。せっかく正社員になれたのだから、ちょっと我慢が足りなかったんじゃないか、と先日つい老婆心から言ってしまった。浩一は何も言わずにもそもそと食べていた。プライドが高いので地雷を踏むとひどく落ち込んだり、黙り込んだりしてしまう。だけど、甘やかしてばかりはいられない。たまには厳しいことも言わないと。ただ、今日は仕事の話はしないと決めた。とにかくオタフクソースの話に持ち込んで、子供時代の思い出に浸り、気持ちをリラックスさせよう。

「浩一、ご飯」引き戸をノックした。

いつものことだが、すぐに返事はない。昼間はいつも悠子と浩一の二人だけになる。家で一日中、二人っきりで会話もせずに過ごす時間というのはとてつもなく長く感じる。赤ちゃんであれば、世話を焼いていれば時間は瞬く間に過ぎ去る。だが、一日中部屋にこもっている浩一を待ち続けるというのは、我慢比べに近い。部屋からいつ出てくるのだろうか？　働くつもりがあるのだろうか？　昨日は何も食べていないが体調を崩していないだろうか？　常に浩一の現在と未来に気を揉む。精神が磨耗する。

幸男は嘱託になり、仕事をセーブすると言ったが、以前と変わらず毎晩帰宅が遅い。富美は新体操の練習に明け暮れている。

悠子は孤独だった。幸男と富美は仕事と学校に行ってしまえば浩一のことを頭から切り離せる。だが、一日家にいるとこっちまで浩一の気持ちに同調して、精神的に引きこもってしまう。浩一と会話が成立すればまだ安心できるのだが、悠子が投げるボールを浩一が投げ返してくれることはほぼない。

しばらくしても返事がないので、もう一度ノックした。

「浩一、たまには下で食べない？」

町内放送ののんびりした前奏が聞こえてきた。「ご家庭で困ったことがあれば何でもお気軽にご相談ください」と放送は告げていた。イラついた。気軽に相談できる人は何も悩んでなんかいない。話したいけど話せない、それが悩みじゃない、と心の中で愚痴る。二階の廊下は北側にあるため日当たりが悪く、凍てつくような寒さだ。もう一度ノックしたが、返事がない。もしかして出かけたのだろうか。

「浩一、開けるよ」引き戸を開けた。

カサッと音がして足元を見ると、ゴミ袋が三つも置いてあった。半透明のゴミ袋には本やCDが入っていた。あれほど趣味の物を捨てるのを嫌がっていたのに。ゴミ袋を跨いで部屋に入っていく。薄暗い部屋に風が流れ込んできた。長押にかけていた浩一のスイングトップがふわりと揺れた。右手の部屋に視線を送ると窓が開いていた。

その更に視界の端、押入れの前に浩一が見えた。

何だ、浩一いるじゃない。

だが、悠子の体はすぐに硬直した。

浩一の体は宙に浮いていた。首には太い縄が括りつけられている。

一瞬で、目の前の悪夢のような状況に悠子はのみ込まれた。だが、頭の切り替えは早かった。あの縄を切らなきゃ、悠子は急いで階段を下りた。驚くほど冷静だった。どの包丁にするのかも頭の中では選択済みだった。一応ハサミも探して持って行こうか。いや、そんな時間はない。物凄く急いでいるのに、自分の家の台所が隣の家ほど離れている気がした。まだオムレツの残り香が漂う台所から包丁を引っ掴み、階段を駆け上がった。ゴミ袋が部屋の入り口にあるのを忘れていて足をひっかけ、思い切り転んだ。もう少しで包丁で顔を突き刺すところだった。冷静なようで全く冷静ではなかった、しかも縄は天井裏から伸びて高さが二メートル近くある。浩一の首はちょうど天袋と押入れの境目の長押の上にある。どうやってあそこまで手を伸ばせばいいのだ。

「なんで、なんで、なんでっ！」悠子は駄々っ子のように叫んだ。

遠くから町内放送がまだ聞こえていた。「ご家庭で困ったことがあれば何でもお気軽にご相談ください」今、困っている。早く誰か助けに来てくれ。でも誰かを呼んでいる暇はなかった。浩一の呼吸が止まってしまう。もうすでに止まっているかもしれない。パソコン机の回転椅子を浩一の側につけた。椅子に登ると浩一の顔がすぐ目の前にあった。血の気がない、息もしていない。そんなことより縄を断ち切る方が先だ、渾身の力で包丁を縄に叩きつけた。

ガン、ガン、ガン、ガン。包丁を縄に叩きつける。

だが、包丁の振動で浩一の身体が揺れる。お願いだから動かないで。左手で首元の縄を押さえて再び包丁を振り上げた。

この悪魔め！

浩一を連れて行かせるものか。

浩一はうちの大切な長男だ。

あたしの息子だ！

三十四時間も分娩室にこもり、浩一がこの世に誕生した。難産だったから、悠子の喜びはひとしおだった。赤ちゃんの時から絵本が好きで毎日十冊は読んであげて、小学生になってからは一人で本を読むようになって、みんなの人気者だった。こうちゃんから浩一と呼ぶようになった。突然不登校にもなった。でも、中学からはちゃんと学校に行き、高校を出て頑張って大学だって出た。一度は引きこもったけど、立派に大学まで出たんだから、大丈夫、人生これからよ。浩一はよーく頑張ったんだから。浩一。なんで、なんでこんなことしたの？　痛かったでしょうに。

何度も何度も包丁を叩きつけるが、びくともしない。こんな馬鹿なことがあってたまるか。母親にできないことなどない。あたしは浩一を生み出した女で、神なんだ。

なんで、なんで、なんで、
切れろ、切れろ、切れろ、切れろよっ！

獣のように咆哮して叩いても、太い麻縄はほとんど傷つかなかった。もう何十回包丁を振り回したか、わからなかった。身体がふらついている、こんなことで疲れてたまるか。温かいものが体の表面を伝う。

ふと左手首を見ると、見たこともないほどの血で真っ赤に染まっていた。悠子は浩一が動かないように左手でロープを支えていた。勢いよく包丁を振り過ぎて、自分の左手首まで切りつけていた。

血の気が一瞬で引いた。

ガクンッ、とバネが外れたような音がした。

回転椅子が、クルッと回転しあっさりと足を踏み外した。しがみつく間もなく椅子から落ち、無防備になった悠子の後頭部は床に叩きつけられた。脳が頭蓋骨の中でぐらりと揺れた。息が詰まった。咳き込んだ息が逆流した。

霞がかかったように視界がぼやけてきた。天井を見上げると、照明の傘につけられた延長紐が左右に揺れていた。泣き叫びたかった。だが、体は全く言うことをきかなかった。

浩一ごめんね、お母さんがあの時、我慢が足りないとか言ったからだねぇ。浩一ごめんね、ごめんね、ごめんね、ごめんなさい。

ピンポンパン、ピンポンポン、ぐわん、ぐわん、ぐわん。

町内放送の後奏が、頭を打ったせいかおかしな音に聞こえる。ああ、あたしはこのまま死ぬのだろうか。天井にシミが浮かんでいる。いや、シミじゃない。何かが飛んでいる。雀だろうか。それにしても、奇妙な羽ばたき方だわ。鳥のように優雅じゃない。ああ、あれはコウモリだ。窓から入ってきたのだろうか。

悠子は最後の力を振り絞り、手を伸ばした。とにかく何とかして誰かに浩一のことを知らせないと。目の前にある延長紐に手を伸ばした。明かりを点けたり消したりして外に合図をしよう。照明の傘の周りをコウモリがグルグル回っている。助けて、とコウモリにも手を伸ばした。最後の力であたしは何をしようとしているのだろうか。あの子を行かせてはならない、あの子を行かせてはならない。

ぐわん、ぐわん、ぐわん。ピン、ポン、パン、ポン、ピン、ポン、パン、ポン。

パタパタパタ、パタパタパタ、パタパタパタ。

「Diablo《悪魔》!」

悠子は我に返った。いつの間にかドレス姿のフランシスカが浩一の部屋に入り、声をあげコウモリに向かっていった。晴れ舞台の闖《ちん》入者《にゅうしゃ》を追い出そうとしている。コウモリは必死で逃げていた。フランシスカが窓を開けた。窓外はすっかり暗くなっている。ダメ、そのコウモリを追い出さないで、そのコウモリは――

コウモリは水を得た魚のように窓に向かった。そして、灰色の小さな体は、闇夜に一瞬にして溶けた。

「行かないで、浩一！」

悠子はコウモリに向かって必死に手を伸ばした、あの時と同じように。

カチッと音を立てて、最後の記憶の断片が全て収まった。

膨大なピースは、油絵の具が何層にも塗られた、巨大な一枚の絵画となった。まるで十字架に磔刑にされたキリストの宗教画のように残酷で荘厳だった。そして、それは頑丈な額に入れられると悠子の目の前にドン、と冷徹に置き去りにされた。

全て思い出した。

あたしが最後に見たのはコウモリだった。

あたしは浩一を助けようとして助けられなかった。

あたしはこのことをずっと忘れていたというのか。

到底信じることなどできなかった。

浩一は自殺した。

第五章

父　幸男

浩一の納骨の日は雨だった。顔が映るほど磨き上げられた御影石《みかげいし》の墓石は水を吸い込み、墨を磨《す》ったばかりの硯《すずり》のようにみずみずしかった。君子の会社が買い取った霊園は以前来た時より緑が色鮮やかに映えていた。背丈の低い洋型の墓石を選んだことは正解だった。墓石と豊かな自然が美しく共存している。これなら浩一も寂しくないだろう。

雨合羽を着た大きな体軀《たいく》の石屋が浩一の骨壺を手に取った。巨体の男が浩一の骨壺を両手で持つと、まるで湯のみのように小さく見えた。男は浩一を納骨棺に収めると、こちらを見て頭を下げた。幸男も軽く頭を下げた。富美も君子も博君もそれに倣った。だが悠子だけは頭を下げなかった。悠子は傘を畳むと男の隣に立った。

「返してください」

「え？」男はびっくりした顔をしていた。

息子を返してください、と言うや否や悠子は男を押しのけ骨壺を納骨棺から取り出した。

コリっと石が触れる音がして骨壺の蓋が外れた。

坊主が思わず息を飲み、読経を止めた。

悠子は壺の中に手を差し込むと、すっかり小さくなってしまった浩一を手に取った。悠子は少し焦げ付いた骨を握り締めると、自分の心臓に当てた。それはまるで自分の体内に浩一の魂を呼び戻し、再び懐胎させようとする崇高な儀式のようだった。誰も悠子の行為を止めることなどできなかった。じっと見ていた君子が悠子の隣で傘を畳んだ。博君が二人に傘を差しかけたが、彼はそれ以上踏み込まなかった。いや、踏み込めないように見えた。二人の肩口は雨粒を容赦なく受けている。

「悠子さん、一つもらってええ？」

悠子は返事をしなかったが、了承したようだった。君子は骨壺に手を入れた。浩一の骨を握り締め、そして、口づけをした。二人の黒い聖母《マリア》は雨の中、しばし浩一と抱き合っていた。

揚揚軒のチャーハンでいいかと言うと、うん出前かぁチャーハンいいわねと言ったが、届いたチャーハンをテーブルの上に置いても、悠子はラップを外す気配は全くなかった。だが、心ここに在らずかと言うとそうでもない。ひどく落ち着いているようにも見えた。悠子が今にも恐ろしいことを言い出しそうなので、幸男は腹が減っている芝居を打った。悠子の視線を避けながら、ワンタンメンの汁がなみなみと入ったどんぶりのラップを剝がすのには一苦労した。レバニラを頼んだ富美もラップは剝がしたものの、箸を割るのを躊躇していた。幸男が悠子を見ると少女のようにはにかんだ。そして、まるで他人にするように頭を下げた。

「すいません、ご迷惑をおかけしました。あたしを気遣ってくれたことは博と君子さんから聞きました」

妙に透き通った声だった。逆にそれが嵐を予感させた。悠子は記憶が戻ってから改めて浩一と再会した。通夜も葬式も火葬にも立ち会えず、浩一に最後の別れすら告げていない。突然骨になった息子と対面した悠子の気持ちはいかなるものか。推し量ることは到底不可能だった。だから幸男はうん、まあいいから食べよ、と敢えて呑気に返した。

「あたし、全部思い出したんです」

「食べよ」

幸男は悠子に構わずズズズと麺をすすった。温かいものを食べれば気分が変わる。富美や悠子に何と思われようとも麺をすすった。だが、本当は悠子の心の奥底に横たわる真意を知るのが怖かった。

浩一から逃げて、今度は悠子から逃げるのか――

違う。俺たちはこれからも生きなければならないのだ。

「あの時、浩一のメガネ真っ白だったのよ。あの子、泣いたのね」

さっきまで少しだけ未来を見ていた幸男の気持ちは、今脆くも崩れた。

悠子の具体的な描写はいとも簡単に幸男をあの日に引き戻した。警察から遺品を受け取った時、幸男は浩一のメガネに何の痕跡も見出せなかった。胸が締め付けられた。自分を卑怯な人間だと思った。あの日、五十嵐君たちと酒を飲んで帰ってきたことは誰にも言っていない。今、ここで白状してしまいたかった。悠子の自罰感情を少しでも和らげてやりたかった。だが、そんな小さな罪を告白したところで、悠子の心が軽くなることはない。

夫として父として何かかける言葉はないのだろうか？

ない。呆れるくらい何もなかった。

過去を振り返らずこれからは三人で前を向いて生きて行こうなどと、どこかの楽天馬鹿が考えた標語みたいな台詞は死んでも言えなかった。

代わってやりたかった。悠子と、富美と代わってやりたかった。

もし、あの日に戻れるのならば、悠子の代わりに俺が浩一の部屋を開けてやる。

だが、極めて身勝手な願いだった。幸男は箸を置いて観念した。悠子の言葉を最後まで聞くのが夫の務めだ。幸男は悠子の言葉を待った。

悠子は再び、少女のようにはにかんだ。

「あの日、『徹子の部屋』に夢中になって。浩一は知ってたのよ。あたしが『徹子の部屋』を観てからお昼を持ってくることを。あたしが最後まで『徹子の部屋』を観てたから。そのせいで浩一は。ううん、違う。あの時、オタフクソースが切れてたから。そう、スーパーに買いに行ったんだ。浩一はオムレツにオタフクソースをかけるのが好きだったから。オタフクソースかけたら、今日は少し話してくれるかなって思って。何でオタフクソースを好きになったんだっけ？　確か、ケチャップが切れてたからだよね？　それからオムレツにオタフクソースをかけるようになったんだよね。ねぇ、富美？」

「オムレツがお好み焼きの味になるって」

富美が懐かしそうに答えた。幸男はそんなことも知らなかった。浩一の好きな料理なんて今まで気にしたこともなかった。

「あたしが、オタフクソースを買いに行かなかったら、もしかしたら間に合ったかもしれない。あたしが買い物に行かなければ……ううん、違うね。あたしがケチャップ切らしたから、浩一はオムレツにオタフクソースをかけて、それで浩一はオタフクソースを好きになって」

「悠子、もういい」

「あたしが甘やかして育てたから」

「違う」

「産まなければよかった」

「もういい、悠子！」

幸男は自分でも驚くぐらいの大声を出した。だが、悠子の目はまるでガラス玉のように無機質で無反応だった。このまま悠子に喋らせるわけにはいかなかった。正体のわからない罪を探し出し、自分を罰しようとしている。だが、それは悠子を誘惑し贖罪《しょくざい》を植え付けようとする魔物の仕業だ。浩一のために買い物に行った悠子に何の落ち度があったというのだ。誰が悠子に罪があると思う。今は悠子を労わるべきだった。だが、心地いい慰めの言葉を並べたところで、それは何の役にも立たない。だから、これ以上悠子が苦しまないように大声を出し、力でねじ伏せるしかなかった。

「いいよ、お母さん、話して」

「富美」

「お父さん、お母さんの話聞いてあげて」

富美の冷静な優しさが堪えた。俺よりも悠子をよほど深く理解している。幸男は悠子にすまない、と言うとどんぶりに目を落とした。ワンタンが汁を吸ってどす黒く変色していた。まるで今の幸男のように無様だった。富美の箸には、すっかり冷めたレバーときくらげが絡んでいた。揚揚軒のレバニラはきくらげが入っていておいしい、と幼い富美が話していたのを思い出した。だが、浩一のオムレツのことは何一つ記憶にない。これこそ罪だ。

静かだった。物音一つしなかった。

悠子はガラス玉の目で幸男をまっすぐ見据えて告げた。

「あたしが浩一を殺した」


悠子は一度もチャーハンのラップを外すことなくそのまま浩一の部屋に上がっていった。あたしが浩一を殺した、と告げた時、悠子は一切迷いのない顔をしていた。幸男は悠子の深淵を覗いてしまった。それは恐ろしく、美しいとさえ思った。悠子は子を喪ったことで人ではなくなった。阿修羅となった。

「違う、それだけは違う。絶対に違う。誰かのせいであいつは死んだんじゃない」

幸男は精一杯、説得しようと試みた。だが、悠子の心には何も届いていないことは手に取るようにわかった。


幸男が浩一の部屋を覗くと、悠子は長押にかかった浩一の上着に顔を埋《うず》めていた。浩一の残り香を嗅いでいるのだろうか。悠子の万一のことを考えた、だが、今すぐに悠子が後を追って死ぬとは思えなかった。現実を受け入れようとしている時だ、そこまでは考えが及ばない気がする。だが、幸男は部屋の外の階段に腰をかけた。何か欲しいものがあればここにいると悠子に声をかけた。ありがとう、と悠子は言った。もっと早くこの言葉をかけるべきだった。何で俺はいつも遅いのだ。

一晩中、幸男は階段に座っていた。時々そっと中を覗いたが、浩一の祭壇の前から悠子が動くことはなかった。戸越しに何度か泣き声が聞こえたが、幸男は慰めるどころか、中に入ることさえできなかった。

　母が兄の部屋にこもってから一週間が経った。母がしなくなった家事を、今は父がしている。母が入院した時に覚えた洗濯、そして今日は初めて作った親子丼を兄の部屋まで持っていった。母は食事を一切とらなかった。だが、父は諦めることなく、せっせと何か食事を作っては持って行った。去年まで母が兄にしていたことを、父が代わりにしているようだった。休暇を取り、エプロンを着け、包丁とフライパンを握った。その姿は少し滑稽だった。だが、その一見滑稽な行動は、卑屈で痛々しくもあった。父は家事に没頭することで罪滅ぼしをしているようにも見えた。

　一度、二人で食事を持っていった時、父が母に声をかけた。「旅行にでも行かないか」と、戸越しに話しかけたが、しばらく返事はなかった。諦めて下に下りようとした時だった。

「浩一がどんな思いでこの部屋にいたか知りたいの。あの子と同じ痛みを自分の体に刻みたいんです。罰、受けないと」

　母の言う罰とは一体何だろうか。母はどんな罪を犯したのだろうか。あたしにはその時、償いの意味がわかっていなかった。いや罪にさえ気づいていなかったのだ。

庭の桜はすっかり葉桜となっていた。春の雨をふんだんに吸った枝から、みずみずしい若葉が繁っていた。さつきさんは縁側にビールを置くと、父と母の話をじっと聞いてくれた。富美は父の奮闘ぶりを面白おかしく話した。

「お父さんが、名古屋に引っ越そうって」

父は昨日、富美にこう切り出した。

「君子の会社で仕事すれば、時間の融通もきいて母さんと一緒にいられるしな。それに母さんはもうこの家にはいたくないんじゃないかなって思って。浩一のことをいろいろ思い出すだろうし。もちろん富美が大学を卒業してからで構わない」

父がそんなことを自分から言い出すとは思ってもいなかった。あと数年でローンを完済する家を手放そうとしている。富美が育った家はなくなってしまうのだろうか。

「あたし、あっちで婚活でもしようかな」

何だかしんみりしてしまうのも嫌で、以前おばさんに言われたことを口にしていた。先ほどから全然返事がないのでさつきさんを見た。さつきさんはじっと桜の木を見ていた。そして、ビールを一気に飲み干した。自分の体を痛めつけるような飲み方だった。

「それって、全部忘れるってこと?」

棘《とげ》のある口調だった。呂律《ろれつ》も少し怪しかった。ごめん、とこっちも見ずに機械のように言った。

「旦那にね、そろそろ切るかって言われたの。弥生のこと思い出すから、桜切ろうって。切ってどうなるわけじゃないけど、あったら弥生のこと思い出すだろうって。それで私、旦那にキレたの。弥生のこと忘れるつもりなの、って」

さつきさんはそのまま顔の前で合掌した。しばらく黙っていた。薄い背中が上下に震え出した。絞り出すような嗚咽《おえつ》が漏れてきた。両目からみるみる涙がこぼれ、頬を伝わっていった。

「……ごめんね、ごめんね、ごめんねぇ。お母さんがちゃんと弥生のこと見てなかったからだね、ごめんね。……やっぱり無理だ。私、やっぱり無理だ、無理だ、無理だ、無理だ」

少し顔を上げたさつきさんの目は、真っ赤になっていた。

「子供がね、できたの」

一瞬、鼓動が止まった。

「もう四十過ぎだし、とっくに諦めてたんだけどね。ごめん、私言ってることとやってること矛盾してるよね?」

さつきさんは何も間違ってない、と言ってあげるべきだった。でも、富美はどうしてもその言葉が出なかった。

「産んでいいのかな？　あたしに資格あるのかな」

富美は絶望した。

子供を授かった人はこんなに悲しい顔をするものだろうか。もっと嬉しい顔をするんじゃないだろうか。

さつきさんは産む前から、恐れている。もう一度、自分が子供に同じ過ちを犯してしまうのではないかと。

さつきさんはもう一度、富美に同じことを問うた。

その問いかけは、富美にではなく神へのもののようだった。


バスの中はガランとしていた。日曜日の昼間だというのに、富美と親子連れしか乗っていなかった。小学一年生ぐらいの男の子が母親と楽しそうに空を指差していた。あの頃からやり直せたら、兄は死ぬのをやめるだろうか。兄の笑顔はいつからなくなったのだろう。富美は兄の笑顔を思い出せなかった。

子供を産む資格があるのか、とさつきさんは富美に問うた。きっと、さつきさんは資格がないと言って欲しかったのだ。打ち明けるのにどれだけ勇気を必要としたことだろうか。

今、富美は痛いほどその気持ちがわかった。

なぜなら、富美も同じことを思ったから。

富美、お前には資格がない。お前には家族でいる資格がない、家族を持つ資格がない、お前には未来を描く資格がない、生きる資格がない。なぜなら兄を死に追いやったのはお前だからだ――

誰かの声が聞こえてきた。神だろうか。

いや、この声は母だ、父だ、兄だ――

富美はずっと抱え込んできた罪の正体にやっと気づいた。やっぱり、あの日あたしは兄に言ったのだ。その決定的な一言は、生きることを躊躇《ためら》っていた兄の背中をどん、と乱暴に突き飛ばした。そして、兄は死を選んだのだ。

ずっと忘れていた。いや忘れていたのではない、回路を切り、記憶に重い蓋をしていたのは富美だ。兄に怒りを向け憎むことで、兄のせいにすることで、母に嘘をつくことで、自分の罪をずっと隠蔽してきたのだ。

なぜ兄があたしに保険金を残したのか。それが今、ようやく解けた。

兄は保険金をあたしに残すことで、あたしに贖罪の意識を植えつけようとしたのだ。

あの一言はあたしと兄しか知らない。いや、母はもしかしたら知っているかもしれない。

だから、あたしに兄への謝罪を求めたのだ。
だから、母はあの部屋でずっと待っているのだ。
罰、受けないと。

富美は最寄りの停留所で降りると、まっすぐ家に向かった。玄関を開けると父が階段を下りてきたところだった。ベランダで洗濯物を干していたのだろう。エプロン姿がすっかり板についてきていた。ちょっと買い物に行ってくるから、母さんの様子見を頼むと言って、エコバッグを片手に母の自転車にまたがった。富美は二階に向かった。兄の部屋の前にお盆が置かれているのが見えた。トーストと野菜スープがお盆の上に載せられていた。まるで囚人の食事だ。富美は戸を二回叩いた。あの日は戸を何回叩いたのだろう。ドンドンドン、ドンドンドンドン確か六回だ。怒りに任せて戸が壊れるぐらい激しく叩いた。兄を殴るつもりだった。

二年前、高校を卒業したばかりの富美は、春休みからすでに大学の新体操部の練習に参加していた。推薦組に負けたくないから人の何倍も練習した。だから、体力には自信があった。兄に負ける気がしなかった。顔ぐらい出せよ、と富美は罵《ののし》った。せっかくお母さんがケーキを買って誕生日を祝おうとしてくれている。お母さんの馬鹿げた行為を止めたいなら、せめて直接文句を言え。富美の怒りは一瞬にして沸点に達した。今思えば、兄への不満が溜まりに溜まっていた。

なぜ不登校になったのか、なぜ引きこもっているのか、富美は兄が何を考えているかわからなかった。その理由を話さないのは甘えている。無言の暴力だ。わかって欲しいのか、無視して欲しいのかさえわからなかった。わかって欲しいなら話せばいい。無視して欲しいのなら家を出て行けばいい。二十歳を超えた大人がする行為とは思えず、心底兄に嫌気が差していた。

富美がドアをもう一度ドンドンドンドン、と叩いた。出てこないので戸を乱暴に開けた。床に本が山のように積まれていた。全部、蹴飛ばした。こんなもの読んでるからダメなんだよ。幼稚な兄を作り上げている元兇《げんきょう》を全て外に放り出してしまいたかった。

兄が富美に背中を向けて座っていた。気づいているのに、無視していた。ガキだと思った。毎日決まった仕事をすることなく、ただただ部屋に引きこもり本を読んでいるだけ。人生を怠けていると思った。富美はその丸まった兄の背中に言葉を乱暴に投げつけた。

「ねえ、無視してんの？　それとも甘えてんの？　ねえ、いくつになったんだっけ？」

床に積まれていた本を兄の背中に投げつけた。プライドを傷つけて怒らせてやる。兄に口を開かせて、罵り返してやる。口喧嘩でも腕力でも負ける気はしなかった。だが、兄は富美を無視した。足元にあった分厚い本、ミヒャエル・エンデの『モモ』を投げつけ、冷え切った声を出した。

「意味ないじゃん」

その言葉で兄がようやく振り向いた。

トントン。もう一度ノックをした。

母を驚かせないよう丁寧に、ゆっくりと。「お母さん」富美はさっきより大きな声を出した。しばらく待つが返事はない。本当は顔を見て話したかったが、母のあの目を見ると嘘をついてしまいそうだ。もう嘘はつきたくない。終わりにしたかった。富美はそのまま戸に向かって語りかけることにした。まるで告解室だ。

「お兄ちゃん殺したのはお母さんじゃないよ」

奥で小さな物音がした。よかった、母は聞いている。

「誰にも言ってないことがあるの。誕生日の日ね、あたし、キレててお兄ちゃんに何て言ったかよく覚えてないんだけどね、でもね、多分言ったと思う。ううん、ごめん。……言った、言ったの」

言った、絶対に。

「生きている意味ないなら、死ねばって」

何分もそこに立っていたような気がした。すっかり冷めてしまった盆の上のトーストと野菜スープに目を落とした。そこだけに日が当たっていた。印象派の絵画のように綺麗だった。雲雀《ひばり》の声が遠くから聞こえた。母には聞こえなかったのだろうか。何も返事がない。だが、同じ言葉をもう一度繰り返す勇気は富美にはなかった。

やっと罪を告白した。


立ち枯れたススキが激しく揺れていた。台風のように風が強い。富美は自分がどこを歩いているのかわからなかった。兄と子供の頃よもぎを採りに来た辺りなのか、橋桁の下にコウモリがいると言われて見に行った辺りなのか。とにかく川沿いを歩いていた。どこを歩いても兄のことを思い出す。罪を告白した後、過ぎ去った時間はいとも簡単に思い出せた。ずっと富美は兄の記憶を閉じ込めていた。

富美は好きだった、兄のことが。好きだったから憎んだ。

今、やっとそのことを認めることができた。

富美に兄への怒りが湧いたのは、自分の思い通りに兄が成長していないからだった。富美が求める兄は、小学生の時と同じように明るくて活発で物知りな〝浩一兄ちゃん〟だった。将来は誰もが羨むような仕事につき、自慢の兄になると思い描いていた。

だが、兄は富美が期待していた姿とは程遠い、引きこもりになった。そんな兄を富美は認めなかった。目が合っても無視し、存在を否定した。子供の頃のように気さくに話せなくなった。

実際、兄との関係に甘えていたのは他ならぬ富美だった。富美の期待とわがままを兄は受け入れてくれると思った、妹だから許されるとも思った、だが、その考えは幼すぎた。富美はおのれが見たい〝浩一兄ちゃん〟しか見ていなかった。勝手に思い描いた理想を兄に押し付けた。ありのままの兄を受け入れるべきだった。

富美はあの時の兄の目を思い出した。意味がない、と言ったあたしに唯一抵抗した目だった。その目は澄んでいて綺麗だった。決して自分を、人生を諦めていない目だった。一生このままではないと、誰よりも思っていた。兄はもがき懸命に生きていた。父の言葉の意味が今ようやくわかった。もう遅い、いくら後悔しても。

兄を殺したのは、あたしなのだ。

「ハッピーバースデートゥーユー　ハッピーバースデートゥーユー　ハッピーバースデー

ディア！　お兄ちゃん。ハッピーバースデートゥーユー」

　富美が呟くように歌っていると、いつの間にか雨が降っていた。吹き付ける風と相まって、凍えるほどに雨は冷たかった。四月といえども川の水温は十度を下回っているかもしれない。海より川の方が水温は低く、死に至りやすいと高校の人命救助の授業で教わった。特に春の雪解け水はほぼ零度だそうだ。脳が冷えることで身体の60パーセント以上の熱が奪われる。誤って雪解けの川に落ちてしまった時は、絶対に頭を冷やしてはいけないと保健体育の先生が話していたことを思い出した。

　ジャバジャバジャバジャバ。雨で川が増水している。護岸に水がぶつかる音がした。富美の頬にもしぶきがかかる。感覚が鈍いはずの土踏まずに氷を当てられたような感触があった。

　富美はいつの間にか腰まで水に浸かっていた。体が鉛《なまり》をつけられたかのように重くて動かない。顎まで水に浸かった。ぐっと体温が下がってきた気がする。このまま頭を沈めれば、先生の言う通り体熱の60パーセントが失われるのだろうか。

　もう何かに抗うのは疲れた。自分にも、兄にも、家族にも。このまま夢を見ずに心地よく眠りたい。富美は膝を折り、川に身を委ねた。

　次の瞬間、物凄い力で身体が押さえつけられた。富美は水を飲んだ。

泳ぎがそんなに得意ではないため方向感覚が狂い、視界が狭くなり、全身が薄い皮膜に包まれたようになった。

ゴボンゴボンゴボン。

ウワッ、ウワッ、という掛け声のような音が皮膜の上から聞こえてきた。ゴボンゴボンゴボン、フミフミッ、ダメッ、
視界を覆う水膜の向こう側に、ぼんやりと母の姿が見えた。

ダメよ、富美、ダメダメッ、ダメ。

母はすっかり細くなった腕で、力一杯富美の身体を引っ張った。そんな引っ張ったら一緒に溺れちゃうよ。こんな状況にもかかわらず富美は何だかおかしくなる。だって、お母さん泳げないじゃん。なのに、お母さんは必死であたしを助けようとしてる。

追いかけてきてくれたんだ——

富美は全身から溢れるものを止められなかった。

お母さん、なんで、なんで一番苦しんだお母さんがあたしを助けているの。あたしのことなんて放っておいてよ、もう放っておいて欲しいの、あたしは消えてしまいたい。お父さんとお母さんに合わせる顔がないの。お母さんがいたら消えられない、消えられないじゃん。お母さんがまだ体力が戻っていない体であたしのことを支えている。あんなにあた

しに憎まれ口を叩いて、お兄ちゃんの味方しかしなかったお母さんが、あたしを命がけで助けようとしている。こんな時だけ。なんで、なんで、ずるい、ずるいって。

母は冷たい濁流から富美を引き戻し、岸へと引っ張り上げていった。顔の前に水が滴《したた》り、視界がひどく狭かった。

川原には霧が出ていた。富美は自分がどこにいるのかわからなかった。ひどく現実感に乏しかった。その時、向こう岸に人影が見えた。

あれは――

富美は、母の腕を振り解《ほど》いた。

顔にかかった前髪をかき分け、じっと向こう岸を見ながら、再び川へ足を入れた。

早くしないと。

富美は水しぶきを上げて向こう岸に走った。

母に背後から全身で抱きつかれた。流れの重い川の中では、富美の方が圧倒的に速いはずだった。力だって勝っている。だが、富美は母に全く抗えなかった。母の体には猛獣のような力が宿っていた。

「お兄ちゃんに会いたい、お兄ちゃんに会って謝りたい、謝りたいの！」

「ダメよ、ダメッ！　富美、ダメッ！」

有無を言わさない物凄い力で引っ張られた。母は富美を浅瀬まで引っ張り上げると、そのびしょ濡れの体を抱擁した。

「ごめんね、ごめんね、富美。ごめんね」

母があたしの背中で泣いていた。さっきまであんなに大きく見えた母が、今は小さな子供のように泣いていた。富美が岸を見やるとさっきまで立っていた兄はいなくなっていた。

今、初めて富美は兄が本当にいなくなったことに気づいた。

もう会えないのだ。

富美がどんなにわがままに叫んでも、夜叉のように髪を振り乱してもその思いは空を切った。腹の底から湧いた怒りや憎しみはどんなに力を振り絞っても兄に届かないことを知った。人を喪うことの意味を富美は長い時間をかけてようやく知ったのだった。

霧が晴れてきた。雨は止んでいた。向こう岸には役割を終えた夕日が、ゆっくりと沈んでいくのが見えた。

富美の背中を包みこむ母の体は大きく、とても温かかった。

ずっと凍りついていた富美の感情がやっと溶けた。兄、浩一の記憶は、全て富美に解放された。

お兄ちゃん――

富美は浩一が死んで初めて涙を流した。

父　幸男

吉長《よしなが》さゆりで予約を入れてしまったが、やはり腑に落ちない。今すぐキャンセルすべきだ。悠子はこの人が一番有名で、テレビにも出ていると言ったが、そういう問題ではないと幸男は思う。要は女性であることが根本的に間違っているのだ。しかも婆さんではないか。ホームページのプロフィールには九十四歳と書いてあった。九十四はどう考えても無理がある。それに源氏名だとしてもこれはない。幸男はそれから三十分ほど逡巡したが、納得できんとスマホを取り出し、リダイヤルした。

はあいっ、千里眼本舗でございますぅ、と先ほど応対してくれた快活な女性が電話に出た。「あ、先ほど予約した鈴木というものですが」あ、はいっ、吉長を予約していただいた鈴木様でございますね。先ほどはどうもありがとうございました。電話の向こうで頭を下げながら話しているのが声だけでわかった。幸男は言いづらかったが、こっちは客なのだという強気の姿勢で臨んだ。

「あの、人を変えていただけないかと思いまして」

しばらく間があった。鈴木様、うちの吉長に何か気になる点がございましたか。こう言っては何ですが、吉長の予約は二年先まで埋まっております。鈴木様は大変幸運な巡り合わせをしたと思うのですが。あの婆さんが二年先まで生きているかどうかわからないのでは、と失礼なことを言いそうになった。

「いえ、やっぱり女性っていうのがね。イメージが」

またしばらく間があった。あ、はい。なるほどー。おっしゃる通り、確かにイメージしづらいですよね。電話の女性は納得したらしかった。では男性に変更をご希望ということでしょうか？　そうなりますと、大変恐縮ですが、当社では男性は神谷秀雲のみとなりますがよろしいでしょうか？「あ、はい。神谷さんならさっきネットで拝見しました」少しガタイがいい気がしたが、致し方ない。浩一はかなり細身なのだが。

神谷は実際に会うと、写真よりかなり体格ががっちりしていた。いやがっちりというか、もはや力士に近かった。着物姿のため相撲部屋の親方と言っても誰も疑わないだろう。階段を上がるだけで、フーフーと息が上がっていた。まだ四月だというのに、神谷が部屋にいるだけで、浩一の部屋の温度は初夏のようだった。せっかく男性にしたのに写真と本人はまるっきり別人だ。これは風俗でいうパネマジというやつだ。悠子にはなぜチェンジしたんだ、という顔をされた。確かにこれだけ太っていればもはや浩一と似ている箇所を探す方が難しい。ガリガリの婆さんの方がましに思えてきた。神谷はこちらの思いなど知る由もなく、大粒の汗をかきながらロウソクに火を灯していた。更に室温が上昇し、神谷はまるでサウナに入っているかのような顔つきになった。

「今日は誰を？」

「息子の浩一をお願いします」幸男は浩一の写真を神谷の前に差し出した。

お願いします、と富美と悠子も頭を下げた。

神谷はじっと写真を見つめると、力強くうなずき袖の中から数珠を取り出した。そして頭上で二回振りかざした。ナマケモノのように鈍重だった神谷の動きが、リスのように敏捷になった。幸男はその動きがただ者ではないと思い、安堵した。予算をケチらないで一番高い霊媒師の派遣会社に頼んで正解だった。

そもそもなぜ霊媒師を呼ぶことになったのか。三日前、悠子が突然部屋から出てきた。

幸男がスーパーから帰ってくると、風呂上がりの格好で悠子と富美が体を寄せ合ってカップラーメンを食べていた。悠子が部屋から出てきたことに驚いたが、二人が一緒に風呂に入っていたということで、鈍感な幸男でも二人の間に何かあったのだと気がついた。二人は幸男に気づくと、なぜか気まずそうにした。富美はまだ食べ終わっていないカップラーメンを、そそくさと片付け始めた。

富美が床に就くと、霊媒師って本当にいるのかしら、と悠子が千里眼本舗のホームページを見せた。最初は冗談かと思ったが、悠子は大真面目だった。富美のために霊媒師を呼びたいと悠子は言った。

神谷は目を瞑ると般若心経を唱え始めた。最初は怒声に近い大声で唱えていたが、五分も続けると蚊の鳴くような声になっていた。神谷の坊主頭はどんどん垂れ下がっていき、ゆで卵のような後頭部が幸男たち三人に向けられ、ついに正座したままうつ伏せになった。

そのままの体勢で五分が経った。床の上には神谷の汗で水溜りができていた。気を失ったのではないかと思い、話しかけたい衝動に駆られた。だが、事前に神谷から霊を自分の体内に入れる神聖な行為なので、何があっても絶対に声をかけないように言われていた。幸男たちはとにかくじっと待った。しばらくして、ううう、と神谷がうめき声ともうなり声ともつかない声を出した。

「浩一？」悠子が身を乗り出した。

まだ話しかけるのは早いと思ったが、突如、垂れていた頭を神谷があげた。額が脂汗でテカテカに光っていた。

「浩一なのね」と悠子はもう一度尋ねた。

神谷は悠子をじっと見た。そして強くうなずいた。

「……暗い、暗い」神谷の低音の声がガラリと変わった。若々しい青年の声になったのだ。

その声は――

浩一だ。

「浩一、見える？　母さんよ」

「うん、見えるよ、お母さん。ぼんやりしてるけど」目をしばたたかせながら、神谷の視線は宙を彷徨《さまよ》っていた。悠子は「あ、そうか」と両手を合わせると祭壇に向かった。

「はい」と悠子は神谷に浩一のメガネを渡した。そうか、浩一は極度の近眼だった。神谷はメガネを受け取った。蔓《つる》を開いて耳にかけると、ミシっと音がした。蔓が弓のようにしなり、今にもはち切れそうだった。

「見える、見えるよ、お母さんがっ」

「本当に浩一なのね」

よかった、浩一はこっちが見えている、幸男は思わず身を乗り出した。

「父さんは？　わかるか？」

「うん、見えるよ、お父さんっ」

「……浩一」

お父さん、と言われ胸にこみ上げるものがあった。再びお父さんと呼ばれるとは思いもよらなかった。神谷は間違いなく浩一だ。チェンジしてよかった。幸男は浩一と話したいことがたくさんあった。降霊は体力的に五分が限界だと言われた。迷ったが、やはり聞くことは一つ。恥も外聞もない。急がなくては。あ、いかん。今日は富美のために神谷を呼んだのだ。まずは富美に順番を譲るべきだ。

「あたしは？　誰かわかる？」

富美は泣いていた。だが、その表情は嬉しそうだ。そうだ、太ってはいるが神谷は浩一だ。富美の目は、完全に兄を見る妹のそれだった。だが、神谷は突如ガタガタと震えだし、うううううう、とうめきだした。

「浩一、寒いの？」

「うん、寒い、寒いよー。暗い、暗いよー」

悠子は素早く立ち上がると、長押にかけられている浩一のスイングトップをハンガーから外し、神谷の肩にかけてやった。それでますます汗が噴きだしたように見えた。だが、浩一はきっとあの世では寒いはずだ。神谷の体には寒暖両方の負荷がかかっているということか。ご苦労なことだ。

「ありがとう、お母さん」悠子はそのまま神谷の背中をさすり始めた。

「浩一は今どこにるの？」

「川が見える。多分、三途の川」

「暗いのに見えるの？」富美が問いかけた。

「寒い！　寒いよー！」富美に対する神谷の反応が過敏になってきた。富美はもしかしたら霊感が強いのかもしれない。二人は磁石のN極同士のように反発し合っているのではないか。悠子が神谷の背中をさすりながら涙を流していた。

「浩一、教えて。何で浩一は死ななきゃいけなかったの？　何が辛かったの？　訳を教えて」

「……人生が辛くて辛くてー辛かったんだよー」

神谷が獅子舞のように頭を左右に振り回した。大粒の汗が幸男のところまで飛んできた。

「母さん、浩一の辛さをわかってやれなかった。許して」

神谷の大きな体に悠子が抱きついた。悠子はまたごめんねー、ごめんねーと謝った。さっきから悠子ばかり話しているではないか。もう幸男も我慢できなかった。浩一と話がしたい。話さなければ。早くしないと浩一の霊が神谷から離れていってしまう。

「お兄ちゃん、あたしね……」

「浩一、イヴちゃんのこと覚えているか?」幸男は富美を遮った。

「……イヴちゃん?」

さっきまで若々しかった声が突然、野太い声色になった。あまりにも単刀直入だったのでびっくりしたのか。すまない、浩一。いきなり母親と妹の前でお前が懇意にしていたソープ嬢のことを聞くのはデリカシーの欠片もないよな。だが、目の前にいる神谷がちゃんこ鍋屋にいそうなおっさんの姿をしているという気楽さから、つい率直に問い質してしまったのだ。

神谷は浩一の写真に目を落とした。そして、部屋の中を見回した。首を傾げ、ゆっくりと天井を見上げた。その姿はまるで天から浩一の声が降りてくるのを待っているのかのようだった。神谷の目がくわっと突然大きく見開いた。そして、呟いた。

「犬」

「犬?」

幸男は思わず、鸚鵡返ししてしまった。犬とは一体どういうことだ。想定外の答えに幸男はどう返していいかわからなかった。

「お兄ちゃん、あたしね」富美がたまらず神谷に詰め寄った。

三人とも浩一に聞きたいことは山ほどある。とても五分では足りない。だが神谷を一回呼ぶだけで三万プラス交通費がかかる。もんぶらんの総額と大差ない。

「あっ！　舟が来た。お母さん、舟が僕を迎えに来たよ！」

「浩一、待って！　行かないで」悠子が浩一を行かせまいと必死で神谷の肩を摑んだ。

「お兄ちゃん。あの時はごめんなさい！　ごめんなさい！」富美が叫んだ。

「うん」と、神谷は首を折ってうなだれた。

今のは富美への返事だったのだろうか。そのまま神谷は沈黙した。

神谷の額から床の上に汗がポタリと落ちた。それが合図であるかのように、うおっ、と神谷が突然声をあげた。うおっ、と反射的に幸男も声をあげてしまった。

「……三途の、川を渡りました」

神谷はゼーゼーと激しい息遣いをしている。さっきまで浩一だった神谷は、本来の恵比寿様のようなふくよかな表情を徐々に取り戻していった。

「みなさんに見送られて、とても穏やかな顔をしていました」

「天国に行ったということでしょうか？」

神谷は三人に向かって、力強く首を縦に振り下ろした。

「ありがとうございました」悠子が姿勢を正し深々と頭を下げた。幸男と富美も頭《こうべ》を垂れた。

母　悠子

家族四人が川の字になって、浩一の部屋で寝ている。

四人だから川ではないのだが、みんな小川のせせらぎのような穏やかな寝息を立てている。あたしの隣に富美が寝て、その隣に浩一。その隣には幸男。幸男はいびきをかいて右足を浩一の体に乗せている。相変わらず、うるさいいびき。

部屋がほのかに明るくなってきた。目覚まし時計が鳴った。あ、浩一が起きた。立ち上がり、窓を開けた。風が入ってきて、浩一の髪をなびかせた。あ、あたしが目を覚ました。だけど、何であたしは上から見下ろしているのだろうか。そもそもあたしはあたしの眼下にいる。あたしは一体誰なのだ。そう言えば、富美も浩一も小さい。幸男の髪の毛もふさふさしている。

ああ、これはあの時の夢か。家族四人でコウモリを見た時の夢だ。

悠子が目を開けると、真上に照明の傘が見えた。

スースーと穏やかな息遣いが左から聞こえてきた。首を左に曲げると富美の顔が目の前にあった。富美の寝息はこっちまで眠くなりそうなくらい穏やかだった。悠子は心の底から安心した。もしや、富美の隣で浩一も眠っているのではないかと首を伸ばした。だが、そこでは幸男が大きな口を開けていびきをかいていた。

浩一はもうこの家にいない。家族は三人になった。

胸にぽっかりと穴があいたような感覚に、いまだに慣れることができなかった。一度は死んで償うことも考えた。自分一人だったら間違いなくそうしただろう。浩一と同じ気持ちになろうと浩一の部屋にこもった。だが、富美や幸男の顔が思い浮かんだ。死ねないと思った。浩一はその一線を越えた。そこに至った経緯は、浩一の母親だというのにあたしにはやはり理解できない。だから辛い。

富美は浩一に謝りたいと言った。ずっと罪を一人で背負ってきた。

いいや、富美に罪はない。浩一は富美を保険金受取人にしていた。富美はそこに浩一の遺志を見いだそうとしている。だが、それは富美が自分を罰するために捏造した罪に過ぎない。浩一が生命保険をかけたのは、富美が浩一の部屋で喧嘩をする前の話だ。喧嘩が原因で浩一は生命保険に入ったわけではない。そこに真実はない。それだけは富美に言い続け、諭さなければならない。

だが、それは難しいかもしれない。悠子は誰かが罰を与えてくれればどんなに楽だろうと思う時がある。富美はあたしに似て頑固な子だ。恐らく一生自分を責め続けるだろう。だったら、あたしは富美と一緒に罪を背負えばいい。もし富美を罪人《つみびと》のように責める者がいたら、あたしが全力ではねのけてやる。代わりにあたしが罰を受けてやる。この子だけは守る。何があっても。

悠子は富美の毛布をかけ直してやり、その頬にそっと触れた。子供はずっと子供のままでいいのにと、悠子は感傷的になった。

だがゴーという、幸男のいびきに全てがぶち壊された。悠子は立ち上がり、窓を開けた。ほんのりと空が明るい。四月といえどもまだ朝の空気は冷たく凜としていた。吐く息が白い。悠子は深呼吸すると、朝日が昇る方角をじっと見た。息子が死んでも太陽は昇る。そんな当たり前の世界に苛立たしさを感じたが、澄んだ空気を吸い込むと、少し体が楽になった。薄ら寒い風がそっと吹き、悠子の髪をなびかせた。

その時、悠子の脇を物凄いスピードで何かが通り過ぎた。振り返ると、黒い物体がジグザグに部屋の中を飛び回っていた。すぐにコウモリだとわかった。いつの間にか幸男が起き上がっていた。

パタパタパタ。悠子と幸男は浩一の部屋を飛び回るコウモリをじっと見ていた。コウモリは部屋を三周ほどすると、照明の傘の上に止まった。手なのか足なのかわからないが、その爪で不格好に傘の角を摑んでいた。体勢が妙に前のめりで可愛かった。着地場所を間違えてシュンと落ち込んでいるようだった。

やがて、コウモリはキキッ、と小さな声を出して吸い込まれるように天袋の上の屋根裏に入っていった。

悠子と幸男はしばらく天井裏を見つめていた。

ああ、戻ってきたんだ。

「あれは浩一ね」

「ああ、朝方に寝床に入るところなんてそっくりだよ」

悠子がふと天井に目を移すと、そこには幸男と博が懸命に偽装工作した名残があった。一枚だけ剝がし残されていた写真。黒と白のブチの子犬。悠子は自分が今、神谷が座っていた場所と同じところに座り、同じ格好で天井を見上げていることに気づいた。

おかしかった。薄々気づいてはいたが、思わず声を上げて笑った。

「犬って」

「うん？」

「あの霊媒師、イカサマね」

「……えっ！」

「イヤだ。大体、浩一はあんな喋り方しなかったでしょ。それにお父さん、お母さんなんて呼ばなかったじゃない。父さん、母さんだったでしょ？」

「……ああ」

「みんながあたしに嘘ついたから、お返し」

我ながら上手い返しだと思った。幸男は今になっておかしくなったのか、ククと笑っていた。だけど、さっきまで神谷のことを本当に信じていたに違いない。お腹空いたわね、何か作りますと、ぶっきらぼうに言った。本当は涙がこぼれそうだった。今、こうやって家族でいられることは、実は奇跡なのだ。生きるのは簡単ではない、初めてその事実に気づかされた。おにぎりでいい？　と聞くと幸男がうん、と立ち上がった。イヤだ、付いて来ないでよ、泣きそうなんだから。卵焼きとあおさのお味噌汁にしようかな。あ、卵ある？　うん、昨日特売日だったから買っておいたよ。今まで食材など買いに行ったことのなかった夫が特売日に卵を買った。今、振り向いたら夫に惚れ直してしまいそうだ。あたしったら離婚まで考えていたというのに。

「あの犬の名前な、カムバックって言うんだよ」

「何でそんな名前なの？」

「わからん。富美がつけたから」

写真の犬にまで名前をつけて嘘をつくなんて。全く浩一に似て芸が細かい。でもいい名前だわ、カムバックって。

幸男に背を向けながら廊下に出た。あの人はずっとここに座って待っていてくれた。一度も戸を開けなくても悠子はわかっていた。夫のことだから、女をどう慰めていいのかわからなかったのだろう。ああ、嫌だ。涙が止まらない。トイレに入ってから台所に行こう。二人の階段を下りる足音だけがこの家を満たしていた。

妹　富美

さつきさんは、さつま揚げと切干大根の煮物と、削りたての鰹節がのったゴーヤチャンプルーを縁側に置いた。富美はいつも通り缶ビールを手にした。プルトップを引くとプシュッ、と炭酸が抜けるいい音がした。乾杯しようとさつきさんに向き直った。さつきさんの手に握られていた物を見て、飲まないいんですか？　と、もう少しで聞いてしまうところだった。

「いただきます」

富美は麦茶が入ったさつきさんのコップと缶ビールを静かに合わせた。

母と入水した夜、さつきさんから電話があった。ごめんね、急に子供ができてどうしていいかわからなくなっちゃって。ごめんね、ごめんねとさつきさんはずっと富美に謝っていた。

さつきさんは麦茶には一口も口をつけず、じっと桜の木を見上げていた。縁側はとても静かだった。あたしたちだけしかこの世界に存在していないかのようだった。

「弥生、お母さんお酒止めるね」

とても穏やかな声だった。だが、決意がこもっていた。さつきさんは弥生さんと話し終えると、富美の方を見た。悲しいような困ったような表情をしていた。

「生きなきゃ」

さつきさんはその唇を噛み締めた。

「生きよう」

とてもきれいな顔をしていた。強さと慈愛に満ちていた。富美は目の前の母という生命力に圧倒された。

「お腹触ってもいいですか？」

「まだ全然出てないよ」

いいんです、触りたいんです、と富美は言った。さつきの薄いワンピースの上に富美はそっと手を置いた。もう少し下かな。あ、ごめんなさいと、富美は更に下へ手をやった。

「あ、うん。そこ」

富美はその手に祈りを込めた。さつきさんのお腹の子に早く会いたいと、願った。

生まれて来て欲しい——

さつきさんのお腹がほんのり温かくなった気がした。

さつきさんは再び桜の木見上げた。柔らかな風が吹いて、葉桜がさわさわと揺れた。親子三人で話をしているようだった。

ドビュッシーのアラベスク第一番がかかると、富美はリボンと自分の体を同調させた。頭上で螺旋を描くと同時にアチチュードピボットの回転に入った。リボンを投げた時、ビシッ、と鋭い音を立ててしまった。いけない。まだ、体に力が入っている。

一日練習に復帰した富美は何度も何度も演技を繰り返した。大会まであと二週間を切っている。だが、兄のことは一瞬たりとも忘れられなかった。その度に監督に曲を止められ、注意された。

いまだに心は兄に囚われている。だが、富美に迷いはなくなった。

富美の罪は消えないだろう。兄への謝罪は永遠に続くだろう。

兄という十字架を背負っていく。

兄を、家族を背負って、これからも生きていく。

その決意を胸に刻んだ。

冬の間には差し込まなかった春の陽が体育館の窓から燦々《さんさん》と差し込んでいた。

突然、青森に行くことになった。イヴちゃんの居場所がわかったのだ。

父はあれから何度ももんぶらんに通った。さすがに店長の佐古さんも重い腰を上げたらしく、昔の女の子の履歴書を探してくれた。兄が持っていた名刺と、履歴書の筆跡を照らし合わせるという気の遠くなる作業をしてくれたらしい。謝礼はいらないから店に三回は来てくださいよと言われ、父はそんな金はない、と真面目に答えた。そこは三回行きますって答えるのが大人でしょう、と佐古さんの失笑を買った。父はその代わりに店の自動ドアの修理をしたらしい。

　父には悪いが、正直イヴちゃんには何も期待していなかった。あの名刺のメッセージを読む限り、イヴちゃんが兄のことを覚えているとは思えなかった。たとえ覚えていたとしても、兄には何の感情も持っていなかったと思う。青森まで行って真実を知る方が残酷な気がした。一度、父にそれを言ったことがある。父はそれでもいい、と答えた。お母さん傷つくんじゃない、と言った。だが、イヴちゃんと会うことは、今お母さんの生きる目標になっている、と言われた。

　親なんだ、父と母は。二人の子供を育てた親なんだ。敵わないと思った。両親に対してそんな気持ちが湧き上がったのは初めてだった。富美は二人の言う通りにしようと思った。ありのままの兄を受け入れよう。兄は生きていたのだ。

　出発の朝、母はおにぎりと玉子焼きのお弁当を作った。富美は台所で手伝いながら、三人で川原によもぎを採りに行った時の母の話を思い出した。母はおにぎりと卵焼きを作ってみんなでコウモリを見たと言っていた。そこには兄もいた。

覚えてる？　と母がいない隙に隣でアルミホイルにおにぎりを包んでいる父に尋ねた。父はこの前と同じ返事をした。

だが、その思い出は母の記憶の中に確実に存在しているのだ。当人同士の思い出や記憶が同じということはほとんどない。あの時、ああだった、こうだったと話してもお互いの記憶には必ず誤差が生じる。全く食い違っていることさえある。ある人にとって甘い記憶であっても別のある人にとっては苦い記憶の場合だってある。その人の記憶はその人だけのものなのだ。人は記憶の中で生きているのだ。

母は子供の頃に、卵焼きの作り方をおばあちゃんに教えてもらったと言っていた。あたしは母に教えられたレシピ通りにおばあちゃんの卵焼きを作ってみた。

「うん、おいしい。合格」

母が味見をした。富美も食べてみた。口に入れると鰹出汁の旨味とほのかな甘みが口の中に広がった。すると、母のすぐ隣におばあちゃんがいるような気がした。会ったこともないお母さんのお母さんを、あたしはすぐそばに感じた。

父が母のトランクとボストンバッグを玄関から運んでいた。母の荷物は何であんなにたくさんあるのだろう。イヴちゃんに会うから着飾るつもりなのか。全く、見栄なんて張らなくていいのに、と父に同意を得ようとしたが、父もパリッとした新しいジャケットを着ていた。

「三人で押しかけたらイヴちゃん迷惑かな」

「そりゃ迷惑に決まってるでしょ」

父はそうか、と言って母の荷物を車のトランクルームに入れた。ま、行ってみるしかないでしょ、と富美が言うと父はトランクルームの扉を勢いよく閉めた。

青森の鰺ヶ沢は世界自然遺産の白神山地で有名なところらしい。イヴちゃんは実家に戻り、その地域では一軒しかない居酒屋を手伝っているという。本当は新幹線で行った方が早いのだが、母がどうしても三人で車で行きたいと言い出した。

「お待たせ」と、母が助手席に乗り込んだ。母はずいぶん前に浜崎あゆみが流行らせたティアドロップ形のサングラスをかけていた。いくら何でもそれはないんじゃないかと思ったが、鰺ヶ沢に着くまでは気づかなかったことにしよう。先は長い。喧嘩はしたくない。

「ねえ、青森行くなら恐山みんなで行ってみない。ほら、あそこはイタコさんがいるでしょ?」と開口一番母が素っ頓狂なことを言い出した。

「オカルトはもういいと言ったじゃないか」

「イタコはオカルトじゃありません。れっきとした口寄せなんです」

何がれっきとしているのだろう。意味がわからない。母はこの間の霊媒師で味をしめたのだろう。確かにあの霊媒師は兄そのものだった。照れ臭くて、全然話せなかったけど。

「鰺ヶ沢と恐山は全然別方向なんだけど」

「じゃあ、時間があったら帰りに寄って」

「ああ」

「やっぱり、れっきとした人にやってもらわなきゃ。偽物じゃダメ」

ニセモノ？　あれは絶対にお兄ちゃんだった。お母さんには見えなかったのか。まあしようがないか、太っていたし。外見は線が細いお兄ちゃんとは似ても似つかなかったから。

父がエンジンをかけると、母がクーラークーラーと言いながらガチャガチャといろんなボタンやダイヤルをいじった。確かに少し暑い。そういえば、いつの間にか庭にコスモスが咲いていたっけ。

あたしたちを乗せた車は、ゆっくりと家の前を走り出した。

富美は後部座席から我が家をじっと見た。兄の部屋に朝日が差し込むのが見えた。

行ってきます、と富美は胸の中で呟いた。

参考文献
『自ら逝ったあなた、遺された私　家族の自死と向きあう』
（朝日選書／平山正実　監修／グリーフケア・サポートプラザ　編）

執筆にあたり、帝京大学医学部附属病院　高度救命救急センター長・三宅康史様、ＫＨＪ全国ひきこもり家族会連合会・池上正樹様、上田理香様、国士舘大学・山本里佳様に大変お世話になりました。
この場を借りて御礼を申し上げます。

野尻克己
1974年生まれ。埼玉県出身。大学卒業後、映画界に入り、熊切和嘉、豊田利晃、大森立嗣、横浜聡子、石井裕也、橋口亮輔ら日本映画界を牽引する監督たちの現場で助監督を務める。

自ら手がけたオリジナル脚本『鈴木家の嘘』で長編劇映画監督デビューを飾る。

同映画で第31回東京国際映画祭日本映画スプラッシュ部門・作品賞、第23回新藤兼人賞・金賞、第73回毎日映画コンクール・脚本賞、など数々の賞を受賞。

第92回キネマ旬報ベスト・テン・日本映画ベスト・テン第6位。近年はテレビドラマ「きのう何食べた?」を監督。

本作が初の小説執筆となる。

鈴木家の嘘

2020年6月15日　第1刷発行

著　者　野尻克己
発行者　千葉 均
編　集　吉川健二郎
発行所　株式会社ポプラ社

〒102-8519　東京都千代田区麹町4-2-6
電話　03-5877-8109(営業)
　　　03-5877-8112(編集)
一般書事業局ホームページ　www.webasta.jp

組版・校閲　株式会社鷗来堂
印刷・製本　中央精版印刷株式会社

N.D.C.913/314P/20cm　ISBN 978-4-591-16666-6

P8008286